스킨스카이

성다영 지음

봄날의 시집

봄날의책

자연에게

시인의 말

이것은 단지 쓴 것

이것을 읽는 동안 시간이 흐른다

2022년 여름
성다영

차례

해설

소리 내어 읽으세요

잔디활착

겨울에 걷는다

잎과 열매가 모두 떨어졌다 나무가 가볍다

사람들이 외로워 보인다

사람이 나무에 전구를 휘감는다

나무가 무거워 보인다

무엇도 너를 유혹하지 않는다

밤이 움직이지 않는다

잔디활착

잔디가 웃는다

스킨스카이

장소를 생산한다
너는 내가 만드는 장소 안에 있다
여기는 어디라고 할 수 없는
아직 어디가 아닌 곳

눈이 내린다 눈이 쌓인다
오늘 나무는 더욱 선명해진다

이것이 놀이처럼 보인다면
너는 해석할 수 없는 것을 보고 있는 것이다

눈이 빠르게 내린다 눈이 불규칙적으로 흩날리
면
나쁜 일이 일어날 것 같지
이제 너도 안다 나쁜 일은 인간이 만든다

다시, 먼지 같은 눈이 차분하게 내린다
어디에서 시작된 것인지 알 수 없다

이제 막 카페에 들어온 사람들이 이쪽을 본다
여기엔 아무것도 없는데 나는 아무도 아닌 사람
드디어 내가 되었네

큰 보일러는 큰 것을 데우고
작은 보일러는 작은 것을 데운다

음악처럼 사람들이 움직인다

너무 작은 숫자

도로에 커다란 돌 하나가 있다 이 풍경은 낯설다 도로에 돌무더기가 있다 이 풍경은 이해된다

그린벨트로 묶인 산속을 걷는다
끝으로 도달하며 계속해서 갈라지는 나뭇가지

모든 것에는 규칙이 있다 예외가 있다면 더 많은 표본이 필요할 뿐이다 그렇게 말하고 공학자가 계산기를 두드린다 없는 것이나 마찬가지지만 그렇기에 더 중요합니다 너무 작은 숫자에 더 작은 숫자를 더한다

사라져가는 모든 것은 비유다*

망할 것이다

한여름 껴안고 걸어가는 연인을 본다 정말 사랑하나 봐 네가 말했고 나는 그들이 불행해 보인다

는 말 대신 정말 덥겠다 이제 그만 더웠으면 좋겠
어 여기까지 말하면 너는 웃지

　그런 예측은 쉽다
　다영 씨가 웃는다
　역사는 뇌사 상태에 빠진 몸과 닮았다

　나무 컵받침이 컵에 달라붙고 중력이 컵받침을
떼어낸다

　물이 끈적인다 컵의 겉면을 따라 물방울이 아래
로 모이는 동안 사람과 사물은 조금씩 낡아간다

　조용한 공간에 금이 생긴다

　되돌릴 수 없다

　＊ 오스발트 슈펭글러.

투명한 얼굴

(여기서 시작해)

(여기서 시작해)

(여기서 시작해)

(여기서 시작해)

(여기서 시작해)

(여기서 시작해)

도시에서 열리는 과일은 대체로 수확하지 않는다 새가 그것을 먹는다 살을 제외한 열매의 다른 부분이 가지에 붙어 있다

겨울이 지나갈 동안 얼고 녹는 것을 반복한다 이제 그것은 딱지처럼 나무에 앉았다

봄이 되면 저것은 어떻게 되는 거지?

어떻게 되지 않는다

봄에 새로 돋아난 잎과 썩어서 말라비틀어진 열매가 한 가지에 붙어 있다

반복한다

고기는 고기이기 전에 귀엽고 고기인 다음에는
맛있다 여자는 여자이기 전에 귀엽고 여자인 다음
에는 맛있다

이상하지 않니?

(여기서 시작해)

(여기서 시작해)

(여기서 시작해)

(여기서 시작해)

(여기서 시작해)*

그러나 누군가에게 법을 지키는 것은 어렵다

사람들이 내게 말한다

죽지 마세요

고무찰흙으로 포스터를 고정한다

더 세게 해봐

나는 은유를 해체한다

이미지가 흘러내린다

남편이 없다면 어떤 죄는 없을 것이다

시간이 지나간다

누군가가 누군가를 만든다

그는 숲을 헤매다 생각한다

이 산에도 주인이 있다는 것이 이상하다

우리는 사랑과 정의를 부정한다**

우리는 선택하지 않는다

왜 멜로드라마는 계급투쟁으로 읽히지 않는가

우리는 우리를 이용한다

우리는 우리를 구분한다

우리는 아름다움을 부정한다

거기서 무얼 하나요, 어린 남자여

인간에게는 시간성이 없다
나는 고향이 없다
고기가 그렇듯이

나는 흘러내린다

나는 너를 죽여야겠다

직물과 신체

사람은 평생에 걸쳐 주머니 하나를 만든다 나는 낡지 않는 주머니를 만든다

인서의 주머니는 남들의 것보다 크고 튼튼했는데 그렇게 만들 수 있는 이유에 대해 그는 일전에 대수롭지 않게 말한 적 있다 걸을 때에도 먹을 때에도 앉아 있으면 된다고 그날부터 나는 인서의 말을 머릿속에 새기고 늘 실천하려고 노력했다

내가 갈 수 있는 공간의 수가 십만 분의 일로 줄어들었지만 나는 오로지 앉아서만 이동하지 않기를 포기하지 않았다

인서는 나에게 비밀 하나를 알려주었다
주머니에 무엇을 넣든지 죽을 때 가져갈 수 있다

비밀을 가진 후부터 나에게는 편지가 온다 주머니와 관련된 질문이다

편지의 분류
— 주머니의 외형(이하 줄임, 외형)
— 주머니 만드는 방법(이하 줄임, 방법)
— 기타

외형, 사고를 당해 갑자기 죽을 경우를 대비하여 적당한 크기로 주머니를 만드는 사람입니다로 시작하는 편지가 있다

외형, 요즘 유행하는 모노톤의 미니멀한 디자인으로 주머니를 만들고 싶은데요로 시작하는 편지가 있다

방법, 어떤 방식으로 만들어야 가장 효율적인가요로 시작하는 편지가 있다

기타, 주머니를 왜 만들어야 하는지 도무지 모르겠습니다로 시작하는 편지가 있다

기타, 주머니 만드는 데 아무래도 재능이 없는 것 같습니다로 시작하는 편지가 있다

기타, 내가 사로잡힌 주머니의 이미지를 어떻게 버릴 수 있습니까로 시작하는 편지가 있다

나는 답장을 쓴다
답장을 쓰는 동안 주머니와 함께 나는 앉아 있다

언니 우리는 남들보다 머리를 더 깨끗하게 감아야 해요
사람들은 우리 정수리만 보거든요

나는 답장을 쓰고 머리를 감고 주머니를 만든다
나는 답장을 쓰고 머리를 감고 주머니를 만든다

내가 죽고 이인서는 나를 주머니에 넣었다

이제 내가 만든 주머니는 쓸모없다

시원한 카페

여름에 우리는 더위와 다툰다
다투지 않으면 질 수 없고 이길 수 없다

그러니까 복숭아나 오리를 먹으면 더위를 이길
수 있다는 말이지? 오리가 아니라 자두야 네가 말
을 고쳐준다 큰일 날 뻔했구나 자두가 아니라 오
리를 먹었더라면 더위한테 졌을지도 몰라

파란색 볼펜으로 쓴 편지를 떠올려
그러면 더울 때 시원한 물이 있는 시원한 카페
에 들어가면 된다는 생각이 떠오를 것이다

카페 안은 모카포트가 끓고 있고 그 위로 공중
이 젖은 종이처럼 구겨진다 공기와 함께 더위에
지친 사람들이 유입된다

그건 그 개의 성격이야 그러니 바꿀 수 없지 할아버지가 큰 소리로 말한다 할아버지는 왜 항상 화가 나 있지? 한여름의 더위처럼

개의 나쁜 습관은 바꿀 수 있다
여름의 더위도

그렇게 말하는 건 얼마나 어려운 일이야

여름에도 우리는 시를 쓸 수 있다

안 써도 된다

대게의 나라

횟집을 지나가는 사람이 말했다 정말 싱싱하다
그렇게 말하고 먹고 싶다는 욕구로 이어지는 것
이 이상했다

대게는 먹이가 없으면 동족끼리 잡아먹는다
그것도 없으면 자기 다리를 잘라서 먹는다

모래도 진흙도 없는 수조에서
다리가 묶인 채 레고처럼 빈틈없이 쌓여 있는
큰 게야 누가 너의 이름을 대게로 지었니

삼 년 전 강남역에서 남자에게 살해당한 여자에
게 한 남자가 말했다 다음 생엔 남자로 태어나길
그리고 그는 대게에게 말할 것이다 다음 생엔 인
간으로 태어나렴

나는 바다에서 유영하는 게들을 상상한다
더 어둡고 더 깊은 바다

그리고 음식에 관하여 생각한다

어느 동물권 운동가의 인터뷰

엄마가 있거나 얼굴이 있는 것은 먹지 않아요

그러나 얼굴이라는 것은 너무 인간적인 생각이
아닐까

나는 큰 게 해삼 버드나무 플라타너스 이름을
모르는 나무 우듬지의 아주 작은 벌레의 얼굴을
떠올린다

여기에 인사하는 나무 있잖아요

누군가 말했을 때

사람의 손 모양이 아니라 흔들리는 나뭇잎을 먼
저 보는 것처럼

더 명복

　은철은 전기장판을 끄는 것으로 청소를 시작한
다 사람들은 겨울에 꼭 전기장판을 켜둔 채 목 끝
까지 이불을 덮고 죽었다
　탐폰을 가방에서 꺼내 반드시 앞주머니에 넣는
다 뒷주머니에 넣었다가 바지를 내리면서 변기에
빠트린 적이 있기 때문이다

　그를 왜 남자라고 생각했지 생각하다가 그만 탐
폰을 뒷주머니에 넣고 변기에 앉아버렸다 탐폰을
앞주머니에 넣는 남자를 떠올린다 은철의 오래된
이름은 김은영
　은영 씨, 은영 씨를 불러본다 은영 씨는 자신의
이름이 싫어서 글을 투고할 때마다 남동생의 이름
을 겉봉투에 적었다 마포구 서교동 371-31 203호
김은철
　은철 씨, 은철 씨가 정한 이름으로 불러주자 은
철 씨는 화장대 옆에 있는 액자 속 남자를 본다 사

진 속 남자는 얼굴에 꽃받침을 하고 애인의 어깨에 기대 웃고 있다

　화장실은 곰팡이 하나 없이 깨끗하다 이렇게 깔끔한 사람이 자살을 하다니 빌라 주인이 괴롭다 은철 씨는 그게 무슨 상관인지 알 수 없고 빌라 주인이 죽는다면 자살로는 죽지 않을 것 같다고 생각한다
　은철 씨는 시체가 있던 장판 주위를 뜯어낸다 내가 비염이 있어서 참 다행이야
　전화벨이 울린다 애인의 전화다 첫 질문은 자주 같다 이번에는 여자야 남자야 은철 씨는 궁금하지 않아 대신 모르겠어, 라고 말한다

　남자의 집에서 가져온 매니큐어를 바르고 손톱이 닿지 않게 엉거주춤 노트북을 켠다 퇴근 후 블로그에 홍보 글쓰기 고독사 경력 삼 년 공릉동 특수청소

　남자는 창문을 빠짐없이 열어두고 나왔는지 떠올린다 남자가 턱을 괴고 고개를 한쪽으로 기울인

다 사랑에 빠질 것 같다 탁자 위 거울에 비친 내가
예쁘다

보헤미안 랩소디

이제 나를 시작할 것이다

선언은 쉽다

대안이 대신할 수 없는 것을 대신하는 동안 조
용히 손을 잡는 사람과 사람

사람과 남자

나는 꿈에서도 꿈을 꿔요

우리는 여기에 있다 집에 가 집에 가

엄마 나 여기 있어 돌아가 돌아가

부모가 널 낳은 걸 후회할 거야 우리가 이겼다
우리가 이겼다 우리가 우리가

신은 견디지 못하는 슬픔을 인간에게 주지 않는
다

그러나 나는 봤다 너무 슬퍼서 죽은 사람들

커튼이 무거운 소리를 펼치며 내려온다

긴장을 품은 채 잠에 들고 깨는 매일

여행처럼

내일도 나는 너를 사랑할 수 있을까

나는 더 꿈같은 꿈을 꾸고 싶어

커피보다 커피잔이 뜨거워서 마시지 못하는 동안 한 사람이 노래 부른다

따뜻한 피부

펄럭이는 깃발 소리

여름에 더웠던 만큼 겨울에 추울 것이다

잎이 떨어진다

열매의 색이 짙어진다

빛이 나는 겨울 전구

최대한으로 살기

나는 모순으로부터 시작할 것이다*

* 알랭 바디우.

터널안굽은길

공원을 걷는다 내가 이동한다
식도를 타고 빠르게 내려가는 차가운 액체처럼

거리는 옷을 고르고
너는 거리의 기분을 느낀다
너의 기분은 거리의 뒤를 따라오고 있다

연립주택 삼 층에서 이불을 터는 사람이 있다
시간이 너무 많은 것처럼 느껴져
불규칙한 먼지의 움직임
첫 문장 다음에는 두 번째 문장이 온다 두 번째
문장 다음에는 세 번째 문장이 온다
이것으로 무얼 해야 좋을까

나는 오늘 둘러본다
무한한 게시물

여기 되게 유명한 아이스크림 가게래 제발 내
것을 먹어줘 나는 멈춘다 사오 년 돈 모으면 여기
살 수 있겠지 멈춘다 왜 너는 그런다고 바뀌지도
않을 일만 골라서 하니 나는 계속한다 아무도 강
간을 원하지 않는다

　초록불

　이불의 먼지와 함께 사람이 떨어질 것 같다는
생각을 멈추고 걷는 것 말고는 아무것도 할 수 없
다는 생각을 멈추고. 걷는다.

　너는 뒤돌아보지 않으면서 뒤돌아보는 내일의
너를 기다린다

　거리를 앞지른다

길 끝에 무엇이 있는지 모르는 채로

법과 마음을 믿지 않으며

창 안에서

새장이 갖고 싶어진 날이었다
하루 종일 새를 파는 시장을 돌아다녔는데
내가 찾는 것은 세상에 아직 없었고
하는 수 없이 새장 몇 개를 사서
그것을 이어 붙이기로 했다

열두 개의 새장을 이어 붙인다
어쩔 수 없이 열두 개는 열두 달을 떠올리게 한
다

창의 살 안으로 새가 날아들고 있다

새는 새장이 마음에 들지 않을 것이다
이것 역시 어쩔 수 없는 일이다

나는 새장에 들어간다

날개만 있는 새는 부리가 없어서 새가 될 수 없
고
부리만 있는 새도 날개가 없어서…

새의 바깥에는 새가 있다
새장의 바깥에는 새장이…

새장에 이름을 붙인다

터져 나오는 쓰레기를 투명 테이프로 막으며
자신이 누구인지 말해달라는 사람이 있다

나는 나를 가지지 않아도 버릴 수 있다

메모렉스

무언가가 떠오르는 장면을 상상한다
강아지의 뭉친 털
누군가 사용했던 비닐봉지
여기 없는 것
물이 둥글게 끓는다
그 소리를 듣고 네가 말한다
비가 오나 봐
가라앉는다
비가 내리는 것을 보고 사람들이 자주 하는 말
깨끗하게 씻겨 내려가니 기분이 참 좋네요
더러워진 비는 어디로 가는 걸까
그런 것은 묻지 않는다
나는 중심에서 멀어진다

떠오르는 무언가를 보면 손으로 잡고 싶다
강아지를 보면 마음이 복잡하다
자유롭게 더 자유롭게 두고 싶다

너무 많은 의미

무섭다

나는 붙잡는다

작아진다

찌그러진 모양으로 내리는 빗방울

나는 멀리서 너를 본다

누군가 나를 붙잡는다

멀어진다

나 돌잡이에서 뭐 잡았어?

우린 그런 거 안 했어

그럼 뭐 했어?

밥 먹고 사진 찍기

평소에 내가 하는 일

그리고 사람들이 자주 하는 일

나는 나를 붙잡는다

멀어진다

기억될 수 없는 것이 반복된다

빠르게 이동하는 구름

누군가의 여행 사진

반짝이는 바다
여름에 떠올리는 겨울의 추위
기억에만 있는 냄새
모서리가 없는 이미지

해가 뜬다

팻말

나만 보기 위해서라면 어떤 말도 쓸 수 있다 보여주기 위해서라면 왜 보여주어야 하는지 이유가 없다

어떤 마음으로 써야 하는지 알 수 없어서 일기 쓰는 것을 망설였다 소설을 쓰는 마음으로 쓰면 된다는 것을 알고 나서 일기를 쓸 수 있게 되었다

어떤 마음으로 살아야 하는지 알 수 없어도 산다

살아야 한다고

사람들이 말한다

특별할 것 없는 차가운 커피

자리를 옮겨가며 사진 찍는 사람을 본다

너는 조금 늦는다

카페 정원 화단에 꽃이 있다

팻말을 보며 이름을 외운다

언젠가 다시 보게 되겠지

꽃을 보고 이름이 떠오르는 것이 좋다

마거리트 안젤로니아 사피니아 애니시다 베고
니아 마리골드 데모르

집에 돌아오니 이름만 떠오른다

화단에 핀 꽃을 훔쳐오고 싶다

붕갋능핫 싫

그거싀 업스폰 주글 겄 같 그가 마라자 나눈 올해
전 그거싀 업서직폰 요잘호 살고 싶다는 살하믈
본 장묘늬 떠올흐는데 그거슬 떼어내됴 요자가 댈
수 업꼬 그거슬 떼어내직 안하됴 녀자가 델 슈 읶
는듸 된댜는 마릐 의해가 안 가능데 나눈 뉴방을
떼어내고 싀퍼떤 날울 떠올뤘직만 글헌 날울 셀
수 없스메 싀가는 싀계에됴 없고 달료계도 업스메
그거슨 한순간됴 날흘 위해 존재한 젹 엎는 거얼
깔깔깔 우스믜 나올효고 하윰직만 누군가의 목솔
희가 들릐는 것 같 내가 말하자 뉴방은 요성의 수
유 긔관 뉴방은 뇨성의 수유 긔관 나능 수유하고
싶직 안하 파도가 칠 때는 파도가 칠 떼는 직우고
싀퍼됴 직우개가 엎는 대다가 직우개가 없스면 그
거슨 욘픠릐 아닐하 펴늬 되는 거햐 외 빌린 채계
낙설흘 홰 아즠 문쟝의 끝나직 안핬

전달: 전달: 뜨거운 파인애플 물

교회 미디어 담당 왕 집사는 일요일 오전 순서에 따라 화면을 넘기다 잠이 든다 적은 일에 충성했으니 이제 너에게 많은 일을 맡길 것이다

왕 집사야 여기는 천국이다

뜨거운 파인애플 물은 당신의 평생을 살릴 수 있습니다. 뜨거운 파인애플 물은 폭력적인 세포를 파괴합니다.
이 메시지를 묻어두지 말고 퍼트리면 생명을 구할 수 있습니다.

나는 꿈에서도 시를 써요
너의 남은 평생을 구해라
새로운 시
새로운 천국
나는 신의 딸이야

나에게는 흔적이 있지요

왕 집사가 원래 저렇게 똑똑했나 그는 쉰 살이지
만 결혼을 하지 않아 여전히 청년 소속이다 그가
똑똑해 보이지 않은 이유 그는 기도할 때 눈을 감
지 않는다

왔어요 어느 날 받은 문자처럼

퍼 나르세요 !!

베이징 육군 종합병원의 왕진젠 교수는 만약 이
소식을 받는 모든 사람이 다른 사람들에게 열 부
를 전달한다면 최소한 한 명의 목숨은 구할 것이
라고 강조했습니다. 저는 제 책임을 다했습니다.
당신도 할 수 있길 바랍니다.

고맙습니다!

목사가 전날 준비한 동영상이 멈춰 있다
교인들이 자고 있다

밤새도록 우리는 우리의 사유를 견뎌야 한다*

나는 잘 때도 눈을 감지 않는다

* 월리스 스티븐스.

나의 것인 고통

쓸모가 없어서 머리를 자른다
요즘엔 쓸모가 없어서 기르기도 해
삶은 자주 유예되고 멈춘다
나에게 그건 특별한 일이 아니야
머리카락을 자르는 일처럼
내가 태어난 일처럼
오늘도 하늘엔 수많은 점이 쏟아졌다 사라졌다
누군가는 죽기 전날 귀신을 본다

막이 오른다
　거울을 보며 시간을 낭비하는 법을 배운다 기도
를 하며 무언가 포기하는 법을 배운다

　누군가에게 진리는 생존이다 그러나 그게 다일
까? 단지 살아 있다는 것 나의 자아엔 빈자리가 없
다 가끔씩 그것은 열린다 닫힌다

　그것을 위해 시간을 버려도 좋다

두 번째 피부

태초에 은유가 있었다
평소에 나는 개연성이 없다
내 생각은 개연성이 있다
새롭게 떠오르는 생각이 없다
불현듯 떠오르는 생각은…
무언가를 말하려고 할 때…
과거형은 왠지 슬프게 들린다
여기, 이곳을 벗어날 방법이 없다
바깥을 상상하지 않는 태도는 성실하다
감정은 단순하다
나는 다른 사람이 되고 싶어
동물이 고기로 태어나지 않듯이
나는 누구로 태어나지 않았다
나는 거의 틀리다
이전으로 돌아갈 수 없다
당신은 누구십니까?
느슨한 언어

느슨한 상상

느슨한 시나리오

나는 나다

나는 사이에 있다

어딘가에 가입할 수 없다

이렇게 살아갈 수 없다

그러나 이것은 시다

나는 내가 쓰는 시보다 가치 있다*

아직 편지가 도착하지 않았다

* 롤랑 바르트.

하얀 리듬

비가 내린다
비가 오고 있는 것이다

나는 끈기 있는 학생처럼 보였어. 한자리에 오래 앉아 있었거든. 세 시간, 네 시간, 점심시간이 될 때까지, 학교가 끝날 때까지, 시간이 지나가기를 기다렸지. 지금도 시간은 흐르고 있네. 하는 일 없이 시간을 흘려보내면 죄를 짓는 기분이 들곤 했지만,
요즘엔 정말 좋아

행인들, 그들의 걸음걸이, 바닥으로 떨어지는 빗방울, 빗속으로 사라지는 사람들, 빠르게 달리는 택시,

오늘도 나는 무언가 지나가는 것을 바라보고 있어
정말 좋아

가끔씩 시간은 끔찍하지

다들 시간이 빨라서 무섭다고 하지만 정말로 무
서운 것은, 시간이 흐르지 않는 것 같은 감각

비처럼 막을 수 없다

비산한다

소망상자 순환마법 *

내가 인간일까?

스스로 업데이트하는 인간???????
죽음을 멈출 수 없네??????????????????

어떻게 서 있는 거지~ 오래전에 유행하던 노래를 부른다 특징 없는 멜로디 안 돼요~ 고래가 죽어요~ 누군가 노래를 따라 부르면 기쁘다 남자인간이 슬퍼져서 눈물 흘린다 찢어진 남인이 가루처럼 흩어지네 눈물이 흐르네??
마지막 수정 날짜: 1945. 7. 16.

플라스틱은 재활용할 때마다~ 품질이 뚝뚝 떨어진다네~ 노래를 불러봐요~ 슬프지 않게~ 불안은 사라지는 것이 아니에요~

너, 나를 닮았네?

재활용된 플라스틱은~ 의류용 섬유나 가구용 슬레이트가 되고~ 그런 다음에는~ 도로 충전재나 플라스틱 절연재가 될 텐데~~ 여기까지 오면 더는 재활용이 되지 않는다~ 매 단계가 매립지~ 아니면 바다 쪽으로만~ 회전하는 톱니바퀴인 것이다~~

인간은 인간을 가둔다????????
감정은 잠재력이다?????

말해주세요 지금 제가 존재하나요????

예~ 그동안 살아주셔서 감사합니다~

* 스티븐 부라니의 글 「굿바이 플라스틱」에서 나온 단어인 소망순환, 마법상자를 재조합함.

불행한 은유

카페와 멀리 떨어진 곳에서 담배를 피우는 사람이 카페를 바라본다 카페와 가까운 곳에서 담배를 피우는 사람은 카페를 등지고 서 있다

시선은 내부로부터 온다

세계는 아무것도 감추지 않는다
어둠 속에는 어둠이 있을 뿐

남자들이 주위를 맴돈다 맴돌면서 죽인다 세상에는 두 종류의 사람이 있을 뿐이야 죽임 당하는 사람과 죽이는 사람 세계는 대립으로 유지된다 남자와 남자는 짝을 이룬다 남자들이 그것을 지킨다

뭐가 보여?

세상에서 가장 바보 같은 질문이군

몸을 자르거나 붙여도 나는 줄어들거나 없어지
지 않는다
그러나 누군가의 몸은 줄어든다

겨울에 잎이 떨어진다
열매를 잃어도 나무는 두렵지 않다

주전자 위로 세계가 액체처럼 출렁인다

같은 날

오랫동안 나는 망각하는 법을 찾으려고 했다

무엇을 기다리는 것도 아닌데
문이 열리고 닫히는 곳을 돌아보고
무언가를 쓰기 전에 글자가 떠오른다

나무가 흔들리는 게 참 예뻐요
그렇게 말하고
나무 아래 쉬고 있는 사람들은 잊고 싶다 사랑
해요 그래서 죽였어요 어느 범죄자의 말을 잊고
싶다

멀어지는 방식으로 나무는 가지를 뻗고 잎을 펼
친다
밤에도 나무는 무언가를 하고
우리는 누워서 별을 찾으려고 노력하지

저기 있잖아요 안 보여요?

두 사람이 있으면 공간에 더 작은 공간이 생긴
다 그곳에서 잠에 빠지고 깨는 것을 반복하다가
배가 고파져서 일어나는 그런 하루

기억이 힘을 잃는다면 너를 해칠 수 없을 거야
나는 나쁜 기억을 지나친다

하늘이 충분히 어둡지만 별이 보이지 않는다

있다는 것을 안다

자립과 자연

나는 네가 일하는 카페에 앉아 있다
흐리지만 바람은 불지 않는다
나는 날씨에 의존한다
평범한 겨울 날씨
평범한 낙엽
평범한 사람들
인간이 특별하다고 생각해?
모든 인간은 특별하니까 아무도 특별하지 않다
고 생각해
평범한 사람들
평범한 범죄
평범한 통계
어느 성인 잡지가 발표한 자료
17살 여고생은 14살 남중생과 첫 키스를 한다
평균적으로
어느 신문사의 설문
응답한 모든 남자는 포르노를 본 적 있다

모두 봤으므로 포르노를 불법으로 정하면 안 된다 기자가 말했다 합법이라서 모두 본 것일까 모두 보았기 때문에 합법인 것일까 질문하지 않는다

서울에 혼자 사는 젊은이 10명 중 9명은 보증부 월세로 거주한다 그중 주거비의 70퍼센트를 부모에게 의존한다 직장을 가진 젊은이도 매달 30만 원을 부모에게 받는다

평균적으로

나는 평균적으로 부모에게 의존한다

나는 포르노를 본 적 있다

나는 임신하기 싫다

임신하지 않으면 쓸모없다

돈을 벌지 않으면 쓸모없다

나는 쓸모없다

나는 의존하고 싶다

나는 너와 상관하고 싶다

달과 지구

섬과 섬

여자와 여자

시간과 함께 엮이는 사람들

실이 만든 구멍

더 많은 구멍
구멍의 수가 늘어간다
어떤 것의 윤곽

나는 답을 기다리지 않는다

물주름

우리는 합정동 카페에 마주 앉아 있다

너는 연필을 쥐고 몇 개의 선으로 나를 그린다

무언가를 쥐는 방식이 어떻게 운명이 되는지 믿
지 않지만 우리가 우리를 놓치거나 잡는다면

물 한 방울이 떨어진다

향유고래 영어 이름이 슬퍼 인간이 뭘까, 그런
생각을 해 유자차의 유자를 씹으며 네가 말한다
번져오는 번져오는 유자 향이 좋다는 생각을 하자
건너편의 청소부가 쓰레기를 트럭에서 다른 트럭
으로 옮긴다

오래전 인간은 향유고래의 내장을 꺼내 향을 얻
었다 머리를 갈라 기름을 얻었다

비가 내릴 것 같다

쓰레기가 보이지 않는 곳으로 사라진다

우리는 우리에게 기대어 걷는다

벌거벗음

길을 걷다가 반딧불이가 나타나면 작게 말하기
시작한다 반딧불이는 빛이 나는 벌레 반딧불이가
갑자기 나타나도 무섭지 않다

영화 속 두 사람이 로맨틱해진다

사랑해요

사랑한다는 것을 어떻게 알아요?

그런 걸 왜 물어요?

빛은 무언가를 가리네

건물은 무언가를 가두네

밤이 되고 불을 켜면 안전하다고 느끼지

사랑에 빠진 두 사람은 서로가 통한다고 믿고
있다

난감하다

불어나는 책장의 책들

벌레들 벌레들

멀리 있는 물체가 작아 보인다

이 명제가 당연한가?

세상이 너무 현실 같아

희미한 불빛

어둠

짝짓기
번식
짝짓기
번식

나는 목적 없이 춤을 춘다

사람이 들어간 곳에 풀이 자라지 않는다
너무 쉽게 길이 되는 것이 무섭다

처음에

처음에 나는 처음이 아닌 것처럼 말한다

나는 사람들 사이에 앉아 있다 궁금하지 않은 이야기가 들려온다 말하기 말하기 시작하자 나무가 흔들린다 무리와 무리가 섞이지 않는다 여기는 사회 나는 딴생각을 한다 나는 시도하는 것을 싫어한다 나는 그냥 한다 방금 낭독한 것은 최근에 쓴 시입니다 나는 시가 뭘까 생각한다 사회가 뭘까 생각한다 해가 저물고 있어서 해가 저물고 있구나 생각한다 마지막 낭독자가 말한다
이제 어떻게 해야 하죠?

어둡다

촛불을 켜도
어둡다

두 번째

두 번째 나는 처음인 것처럼 말한다

우리는 일 층에서 만난다

이곳은 숨기 좋아 숨지 않아도 괜찮은 곳

건물에 파란 페인트가 칠해진다 그러면 파란 건물이 된다 폰을 얼굴과 어깨 사이에 끼우고 사람이 지나간다 여기? 파란 건물 앞이야 흰옷 입은 여자가 서 있어

나는 여자로 보인다

파란색

흰색

내게 입혀진 색을 지운다

네가 누구인지 잊지 마

지운다

동양여자는 동양여자의 고통을 느낀다

밤이 지나고 몸 없는 신이 왔다
신은 자신이 인간일지도 모른다고 생각한다

내가 신이 아니라 인간을 낳을까 봐 걱정이다

레디-메이드

지구의 시작은 봄일까 가을일까

동네에서 강아지와 내가 산책한다
대문에서 할아버지가 나와 말을 한다
왜 사람 다니는 길에 강아지 다니게 해요?

공원에서 강아지와 내가 산책한다
강아지는 흙과 풀이 있는 곳을 좋아한다 공원은
그런 곳
여기는 잔디보호구역 들어가면 안 돼
벤치에 앉은 연인이 강아지의 목줄을 세게 당기
는 사람을 본다
무엇으로부터 잔디를 보호하는 걸까?
사람?
왜 잔디를 보호하는 거지?
공원에 놀러 온 사람들이 앉으려고?

잔디는 사람이 쓰려고 사람으로부터 보호한다

나는 오늘 보는 것을 멈추기로 한다

나는 선을 넘는다

현재는 비윤리적이다

거기는 들어가면 안 되는데

그렇게 말하는 사람은 공원을 지나가는 평범한
사람

법을 지키는 것은 쉽다

그림자는 가둘 수 없다

신은 질서가 없다

나는 먼저 웃고 먼저 슬퍼한다

나는 정리에 반대한다

어두운 기도실에서 기도를 시작한다

개인의 욕망은 기도해도 들어주지 않는다

이타의 끝은 자살

저는 저를 이해할 수 없습니다 용서해주세요

의식의 흐름대로 쓰는 것이 문학 기법이듯

그냥 사는 것도 방법이다

버찌가 터진다

어디에선가 무언가가 태어난다

어떤 일의 끝

똑같은 커피 두 잔
직원이 하나를 탁자 위에 내려놓는다
이런 실수할 뻔했네요 이게 아니라 이겁니다
그걸 어떻게 알죠?
제가 내렸으니까요

나무에 달린 채 썩어가는 열매

죽다

죽고 싶다 하느님이 그런 마음을 주셨다
강아지가 죽었어 그것은 하느님의 뜻이야

사람의 믿음은 두텁고 성실하다

사람은 마음속에 울타리를 갖고 있어요*
우리는 사실 모릅니다
무섭다

나는 마음속에 울타리가

부서지지 않는 마음

무섭다

나는 울타리가 마음속에

모르겠다

더 알고 싶어

나는 있어요

모르겠다

더 알고 싶지 않아

강아지를 볼 때마다 한 단어가 떠올라서 괴롭다

* 프란츠 카프카, "나는 마음속에 울타리를 갖고 있어요".

행운은 여기까지

시작하기 전에 이미 시작하는 음을 들어봐

왜 죽음이 순간이라고 생각해?

이 카페에는 계단이 많다 계단에는 난간이 없다

건물이 말한다

상상하지 않는 사람은 알지 못한다

나는 글자에 갇혔다

재미없음이 나를 짓누른다

누가 나를 방해한다

기어코 시인이 되었구나 이제 행복하니?

이곳에서 벌어지는 일은 끔찍하다

나는 견딜 수 없다

나는 새를 파는 시장에 가지 않는다

나는 개를 사지 않는다

박제

동물의 가죽을 벗긴 다음 솜 따위를 넣어 살아 있을 때와 같은 모양으로 만드는 것을 의미한다

새롭지 않은 상상

인터넷 용어로 쓰일 때에는 타인의 실수나 잘못을 스크린샷 등으로 저장하는 것을 의미한다

카타 콜록의 수화에는 가정법이 없다

볼 수 없어도 추억할 수 있다

발이 없어도 춤출 수 있다

나는 자연과 상관없이 움직인다

여기에 뭔가 있어
누군가가 누군가의 상상 속에 갇힌다
오해하고 싶지 않아
그가 둘러본다
얼굴은 소유를 거부한다*
나는 유기되었다
쓸모 있을지도 모르니 아직 버리지 말자

원근법
이미지가 갇혔다
나는 나에 갇혔다

예수는 겸손해서 남자로 태어났다

길에서 오줌을 싸듯 남자가 화를 낸다
나는 분노를 표현하는 법을 배우지 못했다
이것은 예술이 아니다

나는 창문을 찾아내 열고야 만다

예수를 만나면 예수를 죽여라

창문이 없다

창문을 연다

* 에마뉘엘 레비나스.

액체로 쓴 시

언제부터 사람이 소의 젖을 먹게 된 거야 망아지도 자라면 엄마 젖을 떼는데 다 자란 사람은 사람 젖을 먹지 않는데

이제 우리는 죽음을 향해 자라지

나는 이제 젖이 필요 없어 그런데 엄마는 자꾸 젖을 먹으라고 하네

어제는 사람이 소의 젖꼭지에서 액체를 뽑아내는 영상을 봤어 여드름을 짜듯이 젖과 피와 땀과 상처에서 흐르는 진물이 뒤섞여 하얗게 흘렀어 사람들은 그걸 우유라고 불러 맞니?

오늘도 엄마는 젖을 주면서 이렇게 말하네 잘해야 한다 하느님이 없으면 우리도 없으니까 이 말은 이상하게 들려 내 행복을 하느님이 뺏어갈까? 나는 알 수 없었어

쉿! 엄마의 기도 소리가 들려
저는 갓 태어난 아기예요 저를 보살펴주세요

이제 나는 어쩌지?

밥에 대하여*

어느 날 밥이 내게 말하길
왜 이상하지 않아요?
중요한 것은 출생률
촛불시위와 시위 후 거리 청소
그런 것도 아니고
정말 중요한 것은 싸운 후에도
비싸고 맛있는 밥을 먹는 것
죄책감 없이

밥으로 떡을 만든다
밥으로 술을 만든다
밥으로 과자를 만든다
밥으로 내일과 사랑을 만든다 아내도 만들 수
있다

남편이 새벽 다섯 시에도 아침밥 차려줘요 결혼
참 잘했다는 생각이 들어요 게다가 얼마나 맛있는

지 여태까지 아빠 밥이 제일 맛있는 줄 알고 삼십
년을 살았는데 남편이 해주는 밥이 정말 맛있다
　아침에 혼자 식당 가면 남편이랑 싸웠냐고 물어
봅니다

　오 밥
　남편의 아름다운 손

　사람은 밥을 먹고 계속 자랍니다

* 이성복.

시 는 읽 로 으 앞 서 에 뒤

여 름 이 었 다 다 한 식 의 를 나 가 시 듯 하 식
의 을 름 여 가 내 음 잡 봐 어 들 람 사 는 있 아
살 는 리 우 다 한 위 시 이 들 람 사 고 쓰 를 크
스 마 법 방 준 려 알 가 구 친 요 춰 멈 이 음 웃
면 러 그 요 세 보 어 넣 에 방 가 을 굴 얼 는 때
할 야 아 참 데 는 졌 터 이 음 웃 니 라 자 여 가
내 아 잖 기 웃 럼 처 름 이 내 다 없 가 수 출 멈
을 음 웃 다 진 겨 새 에 름 여 이 고 쓰 를 크 스
마 다 있 고 지 어 이 이 럴 행 는 하 모 추 를 자
죄 범 성 여 름 이 었 다 음 잡 요 세 보 아 찾 을
것 는 있 고 지 라 사 서 에 시 이 요 세 보 아 찾
를 지 시 메 의 시 이 다 진 겨 새 은 것 떤 어 다
간 나 지 은 것 떤 어 다 있 도 시 이 에 중 그 물
시 게 한 한 무 요 세 보 러 둘

이벤트

거리에 떨어진 풍등을 본다면
때마침 주머니에 라이터가 들어 있다면
풍등을 날릴 것이다

턱을 바닥에 대고 엎드린 강아지

이름을 알 수 없는 물속의 생물들

얼굴이 있는 것은 쉽게 떠오르고
이름 붙일 수 없는 것은 이해되지 않지만 사라
지지 않지

외국인은 풍등 날리는 것을 영화에서 본 적 있
다 첫사랑에 관한 영화 첫사랑은 이루어지지 않고
주인공은 여학생과 남학생이고 여학생은 말이 없
었다
늘 그렇듯이

돌을 쌓아 탑을 만들거나 소원을 적어 하늘에
날리는 전통은 흔하다
　첫사랑에 관한 영화처럼
　그래요?
　첫사랑이 있어요?
　첫사랑 이야기를 들려줘요
　그런데 첫사랑이 무슨 뜻이지?

　구름이 흐트러지면서 이동한다 구름의 새로운
형상 구름은 의도가 없다 구름이 모인다

　그는 작업이 끝나면 땅을 보고 기도한다
　신은 땅에 있다고 믿어요
　풍등이 떨어진 곳이 저유소라는 것을 알았어요
　그런데 저유소는 무엇을 하는 곳이죠?

　풍등이 땅으로 떨어진다

꿈에서는 아무 냄새가 나지 않았다

여행지

오늘은 무엇을 할까
아무것도 정하지 말자
그러면 실망할 일도 없을 거야

걷다가 나타난 동물과 아이가 입장 불가능한 카
페
이 카페에 동물과 아이가 들어올 수 없게 된 일
화를 듣는다 주인이 말을 하며 고개를 끄덕인다
너는 저절로 고개가 끄덕여진다

우리는 길을 따라간다
그러면 누구 탓도 아니다

관리되지 않은 식물원이다
식물이 햇빛에 말라 죽어간다 식물원 옆에 압화
전시관이 있다 압화 전시관에서 더위를 식히며 작
품 설명을 대충 읽는다

우리는 배가 고파져서 살아 있는 식물보다 죽은 식물이 더 많은 식물원을 빠져나와 조금 가고 싶었던 음식점에 간다 음식점의 문이 닫혀 있다

아무 데나 들어가서 김밥을 먹는다
네가 너무 좋다며 손뼉을 친다

우리는 여행지에서 행복하다

증거 1

철제 책상과 철제 선반 빨간색과 파란색 플라스
틱 의자가 있다 오브제처럼

물건으로 가득 찬 반투명한 박스가 벽 앞에 쌓
여 있고

그도 오브제처럼

거기 말고 여기 앉으세요

인터뷰어는 손가락이 가리키는 의자에 앉는다

얼굴이 따라 웃는다

불안하다

왜 먹을 것으로 무언가를 만들어요? 닭이 먹는
것인가요? 닭을 먹지 않는 나라를 떠올렸지만 인
터뷰어는 생각나는 것이 없다 당신은 닭을 먹지
않나요? 그런 질문은 하지 말라는 지시를 받았다

사람은 죽은 동물로 무언가를 만든다 흔한 일이다 인터뷰를 마친 예술가는 배가 고파 치킨 한 마리를 주문한다 오늘 그가 처음 만나는 동물

　나는 정렬을 잃는다
　웃지 않는다

　불안하다

　이것을 읽은 예술가는 한 번쯤 살거나 죽은 동물로 무언가를 하는 다른 예술가를 따라 해보려한 적 있으므로 이 이야기는 내 이야기다
　그러나 전화하지 않을 것이다
　죽지 않을 것이다
　스스로
　소문처럼 구석으로 모이는 먼지

　흩어진다

블라인드

그가 아이를 낳을 때마다 나는 꿈을 꾼다

한 사람이 한 사람을 알아보는 꿈

위의 두 행은 이렇게 바꿔 쓸 수 있다

내가 꿈을 꿀 때마다 그가 아이를 낳는다

벌써 두 번째 아이다

두 사건이 어떻게 연결되는지 근거를 찾는다면 찾지 못할 것이다 찾지 못하는 이유를 이 시에서 찾는다면 찾을 수 없을 것이다

맹검법

편향 작용을 막기 위해 실험이 끝날 때까지 실험자 또는 피험자에게 특정 정보를 공개하지 않는 것

너는 무엇을 보는 것일까

사람들이 평범해 보이는 회색 빌라를 진지하게 본다

조금씩 표면이 얇아지다가 투명해지다가

왜소한 추억이 된다

그러나 그것은 쉽게 없어지지 않는다

별 볼일 없어 보이는 것

그것만이 살아남는다

안으로 말려드는 몸

꿈에서 나는 그를 구하기 위해 합정역 7번 출구 근처를 서성거리다 설계자를 지나친다

해석할 수 없는 것은 무섭다

나는 무엇을 보는 것일까

너는 마치 사회에서 사라진 사람 같다

실험자와 피험자 모두에게 맹검이 적용되었을 경우 이중맹검법이라고 한다

찢어지다

찢어지다

찢어진다

다음 꿈에서 너의 남편은 죽을 것이다

다중 슬픔

레아와 라헬은 야곱에게 팔렸고 어머니의 집을 떠나야 한다 야곱은 라헬을 사랑했다고 기록되었다

그럼 라헬은요?

오래된 이야기에는 규칙성이 있다

새 책의 모든 부분에 밑줄이 그어져 있다
나는 밑줄을 지우며 읽는다
고통에는 아무 의미가 없다
더 의미 없는 삶을 살고 싶어
겸손은 죄다
사람의 눈 속에는 거울이 있다
그 사실을 자주 잊는다
남자는 동물이나 사람을 죽이면서 아버지에 대한 적의를 해소한다
이 문장의 밑줄은 지우지 않는다

누가 나를 태어나게 한 거야?

그것을 죽이지 않으면 안 된다

사로잡혀서 반복한다

반복되는

삶

폭력

문명

나는 슬픔을 포기하지 않을 것이다

나는 그것을 믿어요

이 말은 더는 듣지 않겠다는 말처럼 들린다

아무것도 믿지 않아요

이 문장은 무엇으로 깨트려야 하지?

다시 슬픔

다시 거래

대소변은 잘 가립니까?

뒤처리는요?

깨끗하게?

깨끗하게?

나는 나를 이해할 수 없다

나는 내가 여자라는 것을 믿지 않는다

나는 사이에 있다
살아서?

살아서?

실공

빈 나무를 올려다보며 누군가 말한다
잎이 왜 떨어지는지 알아요?
열매가 익으면 잎은 쓸모없기 때문이오

사람의 인과성은 습관적이다

시간만 있으면 모든 것을 이해할 수 있어 남자
가 말하자 강아지가 고개를 한쪽으로 약간 기울인
다

오디야, 이해하고 싶어?

오디의 이빨은 쌀알처럼 작고 쌀알처럼 강하다
단단하게 뭉쳐 있는 실공을 흐트러트린다
쉽게 부러지지 않는 나무토막도 씹어서 없앤다
이유 없이 사람을 물지 않는다
강아지라는 이유로 겁주는 사람은 물 것이다
그의 다리나 손가락을 세게

바람이 불지 않아도 가지가 움직인다

살아 있는 나무는 더 살아 있는 것 같고

더 살아 있는 것이 무엇을 의미하는지 알지 못
해도

몸을 기울인다

오디의 장난감에서 나온 실이 내 양말이나 가방
에 붙어 있다

나는 몸에 붙은 실을 떼어내지 않는다

그것은 어디든지 간다

동네 카페와 제주도

내 꿈에도

새가 날아와 내려앉거나 올라앉는다

그것을 지켜보는 동안 강아지가 새가 있는 곳으
로 크게 뛴다

나는 줄을 놓친다

그는 알고 있다

남편이 죽었어요 누가 좀 도와주세요

자코메티는 여자가 소리치는 곳으로 뛰어가 방
문을 열었다 그러나 무엇을 도와달라는 것일까

여자도 자코메티도 알 수 없었다

여행을 떠나고 싶어

셔츠를 다려서 가방에 넣는다

배우지 않아도 나는 셔츠를 다릴 수 있다

자코메티는 보는 것을 하고 싶다

알고 있는 것을 잊고 싶다

자 이제 모르는 것을 시작하자

솔직히 말하면 나는 고기를 좋아한다 그래 솔직
하게 말해보자 아버지는 도축자였다 나는 동물의
머리가 꽃잎처럼 떨어지는 것을 본 적 있으면서도
외면했다 나는 지나치게 아무 생각이 없었다 지금
도 그렇다 더 솔직히 말해보자 이 글을 쓰는 중간
에 동물 시체를 먹었다

나의 사랑은 신성하다

내가 뭘 모르는지 모르겠어

널 좋아해

떠오르는 것이 없어도 만든다 나는 작가니까

상기 이미지는 연출된 이미지이므로 실제와 다
를 수 있습니다

Y H   W H

너무 사랑하는 것의 이름을 부를 수 없다 너무

사랑하면   죽이기도 하지요 봤어요 신문에서

울었어요

발음하는 방법을 잊어버렸어요

실제 상황은 황당하지

지어낸 이야기 아니야?

너는 누구를 흉내 내고 있는 거야?

소재 도둑? 데이트 폭력자? 자코메티?

그냥 관심 끄는 거야

자코메티는 누구를 헐뜯기 위해 글을 쓰는 것이
아니다 그렇게 말하는 사람도 있지만

이렇게 덧붙이면 마음이 놓인다

그러나 이렇게 끝낼 수 없다 그렇게 끝낸 사람
도 있지만

내가 몰라서 이러는 것 같아요?

이런 말 하면 뺨을 맞겠지만

그래도 한다

요즘엔 이런 이야기를 하면 큰일 나지만

이건 오프더레코드지요

여러분 배고프지 않아요?

이렇게 끝내면 안 되는 것을 알지만

우리끼리니까

신명기(新命記)*

35

1 이곳은 날마다 해 뜨는 시각이 달라진다

2 너희는 해가 뜨기 전에 만날 것이다

3 너는 생각한다 신이 나에게 저주를 내려 내가 손을 대는 모든 일이 뒤엎어져 뒤죽박죽이 되는구나

4 오늘 너는 네가 먹는 음식의 이름에 관하여 생각할 것이다

5 감바스 없는 감바스 알 아히오

6 꿍 없는 똠얌꿍

7 타코 없는 타코야키

8 이름은 완벽한 것처럼 보일 것이나 너는 깨닫지 못할 것이다

9 평화로운 세계

아무 일도 일어나지 않네

10 네가 들어가 차지하려는 땅에서 너는 바이러스에 감염되어 그 땅을 밟지 못할 것이다

11 너는 너에게 폐병과 열병과 전염병을 내려 너를 치게 하고 무더위와 뜨거운 바람을 몰아오게 하며 네 땅에 모래와 미세먼지가 비처럼 내리게 할 것이다

12 너는 잠깐 존재할 것이다

13 너의 시체는 온갖 공중의 새와 땅의 짐승이 거리낌 없이 뜯어 먹으리라

14 더 조용하고 평화로운 세계

15 약혼한 남자가 다른 사내에게 농락당하고, 집을 지어놓고도 그 집에서 살지 못하며 포도원을 가꾸어놓고도 맛을 보지 못하리라 밭에 씨를 아무리 많이 뿌려도 메뚜기 떼가 먹어버려 거둘 것이 얼마 되지 아니할 것이다

16 더 존재하는 사람들

17 너는 너무 많은 생명을 빼앗았도다 너희가 착취하던 것들이 너희를 밟고 일어서서 그가 도리어 머리가 되고 너희는 꼬리가 되리라

18 너는 궁한 나머지 네가 낳은 자식을 먹게 될 것이다

19 이 꼴을 너의 눈으로 보다 못해 너는 마침내 미쳐버리리라

20 이 모든 저주가 너를 덮쳐 사로잡는 날, 너는 반드시 죽으리니 영원히 죽지 아니할 것이다 이 땅을 지키라 하신 말씀을 너희가 듣지 않고 내가 지시한 계명과 규정을 지키지 않았기 때문이다

21 너희는 하늘의 별만큼 많아지겠지만 결국 몇 사람 남지 않을 것이다

36

1 아침에 너는 생각한다 언제 저녁이 올까?

저녁에 생각한다 언제 아침이 올까?

2 이제 너는 눈을 감고 천국이 없다고 상상할 것이다

3 너는 다른 사람이 되려고 하지 말아라 너는 네가 되어야 할 것이다 너는 네 이름을 네 이름으로 만들어라 너는 웃을 것이다

4 내가 어쩔 수 있을까? 나에게는 아무 일도 일어나지 않을 거야

5 우리는 그런 자를 용서하지 않을 것이다 이 책에 적힌 대로 너는 벌을 받을 것이다

6 너는 네가 구분하는 것들과 구분되지 아니할 것이다

열리는 세계

사라지는 소음

7 세계는 색채 없는 액체로 잠기고 더 살아서 떠
도는 자만이 따뜻한 몸으로 가고 싶은 곳에 가고,
하고 싶은 것을 한다

* 『공동번역 성서』「신명기」 28장 20절 이하의 구절들을
이 시에 직·간접 인용하였고 어떤 부분은 새로 썼다.

하얗고 깨끗한 손

다시 비가 그치자 새가 날아들었다
새는 집도 없고 옷도 입지 않는다

하지만 그건 새잖아요

커피가 식어가고 있다

교정 기계가 취소선을 긋는다

커피가 식어간다

이렇게 써도 충분한데 왜 굳이 있다고 쓰는 걸
까 기계는 거기까지 생각하고 잎이 우거진 나무에
서 오르락내리락 움직이는 새를 본다

기계는 커피의 온도를 안다
따뜻한 것과 차가운 것이 식는다는 것을 안다

다음 문장으로 넘어가는 것은 쉽다

카페 안과 밖에는 사람과 사물이 있다 제주도에
난민이 있고 나도 당했다고 말하는 사람이 있다
있다고 말하지 않아도 있다
그래도 말한다

내가 나처럼 말하지 않는다면
누구도 슬프지 않을 것이다
그러나 새가 될 수 없다 날개가 있다 해도

비가 온다

가지 않는다

가상들판

오늘부터 밤보다 낮이 길어진다

오늘은 2020년 3월 20일이고

코로나 바이러스로 전 세계 사람 21만 명이 죽었고 한국의 26만 명 남성들이 미성년자 성착취에 가담했다는 사실이 밝혀졌다

너는 남성들을 사람들로 바꾸어서 읽고

오늘 날씨는 어제보다 따뜻하고

사람들은 활기차다

린네는 수시로 핸드폰을 확인한다

젖소가 VR 고글을 쓰고 아름다운 풍경을 봅니다

러시아 농업부는 가상현실 속에서 젖소가 초원에 있는 것처럼 느끼게 해 젖의 질과 생산량을 늘리려고 합니다

임신한 동물은 수유 기간에만 새끼에게 줄 젖이 나온다 젖고양이 젖돼지 젖고래 젖사람

계속해서

인터넷에 젖이 나오는 남자들의 고민이 올라온
다

유즙 분비 호르몬은 뇌하수체 종양이 있을 때
증가할 수 있다 우선 검사를 하시고 정확한 진단
을 받으시기 바랍니다

린네는 페이지를 닫는다

흐르는 하얀 액체

젖은 끔찍해

린네의 생각은 흐르던 방향으로 흐른다

깊어진다

존재하는 사람은 더 존재하고자 한다

두려움은 안전한 것이다*

인간에게 시간이란 해마다 처음이다

계절이 끔찍하게 이어진다

어떤 동물은 태어날 때를 제외하고 평생을 어둠
속에서 살다가 죽는다

강아지의 눈빛이 선량해요

그 말이 이상해서 선량하다는 말은 인간에게만
쓴다는 사실을 알게 되었지

나무에 싹이 돋는 것을 보고 사람들이 기뻐한다
마치 죽었다 살아났다는 듯이

나는 습기처럼 가라앉는다
잎과 잎이 부딪히며 쏟아지는 소리

동물화된 인간
이것은 린네가 상상하는 가장 나쁜 인간의 모습
좀처럼 화면이 움직이지 않는다

이것을 읽는 동안 어떤 생이 닫힌다

* 애니 딜러드, "두려움이 세상에서 가장 안전한 것이 될 수도
  있다는 생각이 들었다".

좋은 시

██년 전이다

██████ 교수는 논문 결정권자였고 저는

그의 비위를 맞춰야 하는 처지였는데,

뭐라 말할 수 없는 슬픔이 밀려왔습니다

논문이 달려있잖아요

*ghos****

████.██. 21:41

유명했지…

외롭다 할 얘기가 많다 기억이 안 난다

*tpam****

████.██. 16:49

아주 온 나라 방방곡곡이 소변(=오줌) 썩는

악취가

풀풀 풍기는구나

딸 같아서 그랬다 귀여워서 그랬다 기억이

안 난다

고등법원 재판장 참고인으로 증언한

지도교수가 위증했다고

■ 씨 고발했지만
혐의 없음 불기소처분
pass****
■■■.■■. 20:03
짜식아. 빨 리. 내려오고절간에. 들어가서.
이불덮어쓰고수행해라. 지옥행이다
부당 해고 당했다 억울하다
■■년 ■ 씨 교육부에 소청심사 의뢰
1심 패소 항소 기각
행정소송
1, 2, 3심 모두 패소
지옥행이다
이렇게 당했다 이야기하다
시인들이 일어나고 있다
시인협회는 ■시인에게 자진사퇴를 권고했다
협회 관계자가 말했다 김 씨의 과오를 모르고
뽑은 것이다
ljt0****
■■■.■■. 17:09
한국성추시인협.이라면 어떨까
성폭행 사건 없었다 내가 없었다
턱도 없는 이야기다

기억이 안 난다

통탄스럽다

*jung****

██.██. 09:39

자진해서 사퇴해라————더러운 영혼으로 쓴
시

가치없다——제명하고 근신함이 마땅하지
않을까——

—██████ 기자, 「'성추행 혐의' █████,
한국시인협회장 선출에 비판 일어」, ⟪██████⟫
███년 █월 ██일 자.

우리는 너를 용서하지 않는다

· 2019년 12월 10일 『시와함께』에 보내는 시작노트
: 좋은 시에 관하여

좋은 시를 기대하겠습니다, 라는 『시와함께』 편집부의 메일을
받고 저는 좋은 시란 무엇일까 고민하였습니다. 평소 저는
좋은 시를 정의하는 기준이 사람마다 다르기 때문에
모호하다고 생각했습니다. 누군가가 자신이 생각하는 좋은
시에 대해 자유롭게 말하는 것을 듣다 보면 그럴 수 있다고
여겨집니다. 그런데 최근 저는 그럴 수 없는 것에 관하여
생각하게 되었습니다. 좋은 시가 아닌 시에 관하여 생각하는
것은 필요합니다. 왜냐하면 모든 것이 상대적이라는 생각은
옳은 일을 하는 사람보다 옳지 못한 일을 하는 사람에게
도움이 되기 때문입니다. 시인은 자신이 생각하는 좋은 시,
또는 그러해야 한다고 믿는 시를 쓰게 됩니다. 여기, 제가
생각하는 좋은 시를 보냅니다.

· 2022년 2월 20일 시작노트
「좋은 시」는 『스킨스카이』 출간을 앞두고, 형법 제307조
1항에 규정된 사실적시 명예훼손죄로 기소될 수 있음을
우려하여 특정인이 지목되지 않도록 날짜와 이름을 검은
사각형으로 지웠습니다.

세 번째 플레이

사람들이 자신을 알아본다고 생각하자

불편한 옷과 구두를 착용한다 화장실 칸에서 누군가 나오면 거울 앞에서 아무것도 안 한 척을 한다

그는 처음에 남자를 연기하고 두 번째로 여자를 연기하는 사람

나는 남자를 수행하는 남자를 떠올린다
남자, 자신이 남자라고 믿는 남자

어느 남성 작가의 작품 설명을 읽는다
누구나 공감할 수 있는 보편적인 주제
공감이 안 돼
나는 보편성에 관하여 생각한다

한 끼 식사를 위해
나는 역사를 모욕한다

여자들은 예수의 말을 기억하였다
어떤 말은 남자를 꾸짖기 위해 한다
나는 꾸짖지 않는다
나는 다른 말을 하고 싶다
나는 벗어나려고 한다
천생 시인이구나
나는 벗어나려고 한다

전시 오프닝에서
나는 카페에서 자주 마주치는 그를 흉내 낸다
숨을 쉴 수
안으로 들어갈 수 밖으로 나갈 수 없다

가까스로 서 있는 사람
사람들이 사람들을 읽는다

이미지가 있다 있으면? 본다 보면?

하나 둘   셋

존재하는 동시에 없어졌음
흔들렸음
길을 걷다 멈췄음
길을 잃었음
망했음
불편했음
마침내 즐겼음
더 욕망했음
더 불안했음
죽었음
다시 살았음
귀신이 찾아왔음
아무것도 찾지 못했음

이것을 읽고 이렇게 말했으면
이런 건 나도 쓰겠다

무한히 무한히 실패하고 싶다

얼룩이 닦이지 않는다

사랑의 에피파니

이것은 물의 비유가 아니다

사람들이 진짜를 말할 때 나는 가짜가 떠오른다 가짜를 말할 땐? 잠깐 눈물 좀 닦을게 물? 너는 당황한다 아니야 이것은 물의 비유가 아니야

너는 마스크를 쓰고 말하지 신은 사람을 아주 작은 먼지로 만들었대 처음엔 바다밖에 없었고 바다? 아니야 이건 물의 비유가 아니야

기억하는 것보다 잊는 것이 더 어렵네

습기로 가득한 여름

도시는 온통 늘어지는 초록으로 가득해

나를-잡지-마-나를-잡지-마

이-세계의-폭력-속으로-뛰어들-거야

사랑은 나를 움직이지 못하게 하네

나는 사랑으로부터 멀어지네

사랑은 낮에 이어지네

사람들이-상상하는-사랑-사랑을-사랑으로-만

드는-슬픈-결말-반대-엇갈림-불치-나에게는-환상
없음

이 순간이 지나가는 것이 아쉬워요
그러니 즐기세요
연주자가 마지막으로 인사하며 말한다
그러나 시간이 지나가기를 바라는 사람이 있다
나는 잠깐 사라질게
아름다운 순간
영혼의 반대말은 시체다*
헤어지기 아쉬운 사람들
어쩔 수 없는 거야?
길에서 서로의 손을 만진다
태어남
이 이미지에는 환상이 없다

사람들은 나를 모른다
한 번도 보여준 적 없으니까
그래도 이렇게 말하지
사랑해

* 장-피에르 보.

작은 글씨

잔디활착

겨울에 걷는다

잎과 열매가 모두 떨어졌다 나무가 가볍다

사람들이 외로워 보인다

사람이 나무에 전구를 휘감는다

나무가 무거워 보인다

무엇도 너를 유혹하지 않는다

밤이 움직이지 않는다

잔디활착

잔디가 웃는다

보헤미안 랩소디

이제 나를 시작할 것이다

선언은 쉽다

대안이 대신할 수 없는 것을 대신하는 동안 조용히 손을 잡는 사람과 사람

사람과 남자

나는 꿈에서도 꿈을 꿔요

우리는 여기에 있다 집에 가 집에 가

엄마 나 여기 있어 돌아가 돌아가

부모가 널 낳은 걸 후회할 거야 우리가 이겼다 우리가 이겼다 우리가 우리가

신은 견디지 못하는 슬픔을 인간에게 주지 않는다

그러나 나는 봤다 너무 슬퍼서 죽은 사람들

커튼이 무거운 소리를 펼치며 내려온다

긴장을 품은 채 잠에 들고 깨는 매일

여행처럼

내일도 나는 너를 사랑할 수 있을까

나는 더 꿈같은 꿈을 꾸고 싶어

커피보다 커피잔이 뜨거워서 마시지 못하는 동안 한 사람이 노래 부른다

따뜻한 피부

펄럭이는 깃발 소리

여름에 더웠던 만큼 겨울에 추울 것이다

잎이 떨어진다
열매의 색이 짙어진다
빛이 나는 겨울 전구
최대한으로 살기

나는 모순으로부터 시작할 것이다*

* 알랭 바디우.

얼룩

그해   가을

어부는 조업하다가   황금 장어를   잡았다.
　산란   하기 위하여 강에서   바다로
나가는,   노란 바탕에   검은 반점이 있는
장어였다.   사람들은   그것을
                              황금
                              장어라고 불렀다

                  송별가가
                  울려 퍼지고

시민들이 뿌린   꽃잎
                  아래로   장어가
　헤엄친다.   한강에서   마리아나 해구로.
　거기서
너는   짝도 만나고   심해   어딘가에
                  산란도   할   테지

포획 어부 "돌려보내는 마음이 행복하다"

60년 가까이 한강에서 물고기를 잡았는데, 이런 희귀한 장어는 처음 봤습니다. 일반적인 검은색 민물장어와 다른 황금장어는 길조인 것 같아요. **행복하다** 저는 늘 스펙터클이 없는 사람이 되려고 노력하였는데 그는 그로 인해 목숨을 구한 거죠. **행복하다**

어부는 잠들기 전 가장 오래된 기억을 떠올린다
나의 가 장 오   래   된   기   억
나는 눈을 감고 어린 시절의 집으로 걸어 들어간다. 그곳은 낡은 상태 그대로이고 더 낡지 않았다. 생생한 먼지. 나는 피아노가 보이는 침대에 눕는다. 눈을 감는다
물이 돌에 부딪혀 잘게 나눠지는
먼
주기적인 소리 속에서
벽지의 무늬를 손끝으로 만져
어떤 부분은 파여 있고 어떤 부분에는 알 수 없는 얼룩이 있지

기억은 시간과 상관없이 부서진다

　　　　　　　　　　행복하다

너는 나의
　　꿈속에서 헤엄친다
　　　　　　너무 깊어서
행복하다　　　아무것도 보이지 않는 해구를 따라가
　　　　　　　너의 얼룩은
　　　　　　　　　　　　이제
　보이지 않네
　　　　행복하다

　　　　　　　　　　　　　　나는
　　　　　장어 먹는 것을 좋아하는 것이 아니라
　　　장어를 좋아해　　　　　　　**행복하다**
너는 어쩌다가
사람들이 먹는 종류의 생물군 안으로
들어가게 되었을까
　　　　　너는 왜 장어로, 나는 왜 인간으로 태어났을까
　　행복하다

　　　너는 차갑고
미끄럽지
　　　　　　　내가 감각할 수 없는 것을 감각하고
인간이 알지 못하는 곳에 알을 낳아

내가 너를 이해할 수 있을까? 네가 인간을 이해할 수 있을까? 내가 인간을 이해할 수 있을까?

fish

고래에 관한 많은 책, 많은 사진, 많은 예술

핏빛의 연안을 보고 고래를 죽여도 괜찮다고 말하는 사람은 이제 거의 없다. 너는 고래에 관하여 말하지. 고래가 죽는 것을 보고 사람들은 연민을 느껴. 눈물 흘리네. 너는 참치와 연어와 새우와 장어에 관하여 말하지 않지. 사람들이 가벼운 마음으로 계단을 내려간다. 우리 오늘 장어덮밥 먹을래?
장어에는 환상이 없다
사람들은 석유가 고래를 구했다고 말하지
정말 석유가 고래를 구원한 걸까?
우리는 말하고 있는데
사람들에게 들리지는 않아
누가 우리를 구원할까?

시장이 앞으로 물고기가 많이 잡히길 기원한다고 연설한다

나는 어부가 기다리는 강으로 돌아간다

얼룩

(물고기그림) *f*ish 2017 행주어부가 잡은 한강 「백장어」 사진공개
　행주

신비한 물고기
한강 행주
황금장어 방생 (황금장어그림)

황금장어의 고향,
필리핀 마리아나 해구로!

2021.10.20 수 정오 사리물때
행주산성역사공원 한강

주최 **행주어촌계** 후원 고양문화원

얼룩*

* 20일 낮 고양시 행주산성역사공원 앞 한강 변에서 열린 '신비한 물고기 한강 행주 황금 장어 방생' 행사. '황금 장어'가 자연으로 돌아가고 있다. 고양시.

134

너무 작은 숫자

도로에 커다란 돌 하나가 있다 이 풍경은 낯설다 도로에 돌무더기가 있다 이 풍경은 이해된다

그린벨트로 묶인 산속을 걷는다
끝으로 도달하며 계속해서 갈라지는 나뭇가지

모든 것에는 규칙이 있다 예외가 있다면 더 많은 표본이 필요할 뿐이다 그렇게 말하고 공학자가 계산기를 두드린다 없는 것이나 마찬가지지만 그렇기에 더 중요합니다 너무 작은 숫자에 더 작은 숫자를 더한다

사라져가는 모든 것은 비유다*

망할 것이다

한여름 껴안고 걸어가는 연인을 본다 정말 사랑하나 봐 네가 말했고 나는 그들이 불행해 보인다는 말 대신 정말 덥겠다 이제 그만 더웠으면 좋겠어 여기까지 말하면 너는 웃지

그런 예측은 쉽다
다영 씨가 웃는다
역사는 뇌사 상태에 빠진 몸과 닮았다

나무 컵받침이 컵에 달라붙고 중력이 컵받침을 떼어낸다

물이 끈적인다 컵의 겉면을 따라 물방울이 아래로 모이는 동안 사람과 사물은 조금씩 낡아간다

조용한 공간에 금이 생긴다

되돌릴 수 없다

* 오스발트 슈펭글러.

투명한 얼굴

(여기서 시작해)

(여기서 시작해)

(여기서 시작해)

(여기서 시작해)

(여기서 시작해)

(여기서 시작해)

도시에서 열리는 과일은 대체로 수확하지 않는다 새가 그것을 먹는다 살을 제외한 열매의 다른 부분이 가지에 붙어 있다

겨울이 지나갈 동안 얼고 녹는 것을 반복한다 이제 그것은 딱지처럼 나무에 앉았다

봄이 되면 저것은 어떻게 되는 거지?

어떻게 되지 않는다

봄에 새로 돋아난 잎과 썩어서 말라비틀어진 열매가 한 가지에 붙어 있다

반복한다

고기는 고기이기 전에 귀엽고 고기인 다음에는 맛있다 여자는 여자이기 전에 귀엽고 여자인 다음에는 맛있다

이상하지 않니?

(여기서 시작해)

(여기서 시작해)

(여기서 시작해)*

그러나 누군가에게 법을 지키는 것은 어렵다

사람들이 내게 말한다

죽지 마세요

고무찰흙으로 포스터를 고정한다

더 세게 해봐

나는 은유를 해체한다

이미지가 흘러내린다

남편이 없다면 어떤 죄는 없을 것이다

시간이 지나간다

누군가가 누군가를 만든다

그는 숲을 헤매다 생각한다

이 산에도 주인이 있다는 것이 이상하다

우리는 사랑과 정의를 부정한다**

우리는 선택하지 않는다

왜 멜로드라마는 계급투쟁으로 읽히지 않는가

우리는 우리를 이용한다

우리는 우리를 구분한다

우리는 아름다움을 부정한다

거기서 무얼 하나요, 어린 남자여

인간에게는 시간성이 없다
나는 고향이 없다
고기가 그렇듯이

나는 흘러내린다

나는 너를 죽여야겠다

* 데버라 리비, 『알고 싶지 않은 것들』.
** 푸른잔디회 행동강령 중 하나.

직물과 신체

사람은 평생에 걸쳐 주머니 하나를 만든다 나는 낡지 않는 주머니를 만든다

인서의 주머니는 남들의 것보다 크고 튼튼했는데 그렇게 만들 수 있는 이유에 대해 그는 일전에 대수롭지 않게 말한 적 있다 걸을 때에도 먹을 때에도 앉아 있으면 된다고 그날부터 나는 인서의 말을 머릿속에 새기고 늘 실천하려고 노력했다

내가 갈 수 있는 공간의 수가 십만 분의 일로 줄어들었지만 나는 오로지 앉아서만 이동하지 않기를 포기하지 않았다

인서는 나에게 비밀 하나를 알려주었다
주머니에 무엇을 넣든지 죽을 때 가져갈 수 있다

비밀을 가진 후부터 나에게는 편지가 온다 주머니와 관련된 질문이다

편지의 분류
— 주머니의 외형(이하 줄임, 외형)
— 주머니 만드는 방법(이하 줄임, 방법)
— 기타

외형, 사고를 당해 갑자기 죽을 경우를 대비하여 적당한 크기로 주머니를 만드는 사람입니다로 시작하는 편지가 있다

외형, 요즘 유행하는 모노톤의 미니멀한 디자인으로 주머니를 만들고 싶은데요로 시작하는 편지가 있다

방법, 어떤 방식으로 만들어야 가장 효율적인가요로 시작하는 편지가 있다

기타, 주머니를 왜 만들어야 하는지 도무지 모르겠습니다로 시작하는 편지가 있다

기타, 주머니 만드는 데 아무래도 재능이 없는 것 같습니다로 시작하는 편지가 있다

기타, 내가 사로잡힌 주머니의 이미지를 어떻게 버릴 수 있습니까로 시작하는 편지가 있다

나는 답장을 쓴다
답장을 쓰는 동안 주머니와 함께 나는 앉아 있다

언니 우리는 남들보다 머리를 더 깨끗하게 감아야 해요
사람들은 우리 정수리만 보거든요

나는 답장을 쓰고 머리를 감고 주머니를 만든다 나는 답장을 쓰고 머리를 감고 주머니를 만든다

내가 죽고 이인서는 나를 주머니에 넣었다

이제 내가 만든 주머니는 쓸모없다

시원한 카페

여름에 우리는 더위와 다툰다
다투지 않으면 질 수 없고 이길 수 없다

그러니까 복숭아나 오리를 먹으면 더위를 이길 수 있다
는 말이지? 오리가 아니라 자두야 네가 말을 고쳐준다 큰
일 날 뻔했구나 자두가 아니라 오리를 먹었더라면 더위한
테 졌을지도 몰라

파란색 볼펜으로 쓴 편지를 떠올려
그러면 더울 때 시원한 물이 있는 시원한 카페에 들어
가면 된다는 생각이 떠오를 것이다

카페 안은 모카포트가 끓고 있고 그 위로 공중이 젖은
종이처럼 구겨진다 공기와 함께 더위에 지친 사람들이 유
입된다

그건 그 개의 성격이야 그러니 바꿀 수 없지 할아버지
가 큰 소리로 말한다 할아버지는 왜 항상 화가 나 있지?
한여름의 더위처럼

개의 나쁜 습관은 바꿀 수 있다
여름의 더위도

그렇게 말하는 건 얼마나 어려운 일이야

여름에도 우리는 시를 쓸 수 있다

안 써도 된다

대게의 나라

횟집을 지나가는 사람이 말했다 정말 싱싱하다
그렇게 말하고 먹고 싶다는 욕구로 이어지는 것이 이상
했다

대게는 먹이가 없으면 동족끼리 잡아먹는다
그것도 없으면 자기 다리를 잘라서 먹는다

모래도 진흙도 없는 수조에서
다리가 묶인 채 레고처럼 빈틈없이 쌓여 있는 큰 게야
누가 너의 이름을 대게로 지었니

삼 년 전 강남역에서 남자에게 살해당한 여자에게 한
남자가 말했다 다음 생엔 남자로 태어나길 그리고 그는
대게에게 말할 것이다 다음 생엔 인간으로 태어나렴

나는 바다에서 유영하는 게들을 상상한다
더 어둡고 더 깊은 바다
그리고 음식에 관하여 생각한다
어느 동물권 운동가의 인터뷰
엄마가 있거나 얼굴이 있는 것은 먹지 않아요
그러나 얼굴이라는 것은 너무 인간적인 생각이 아닐까

나는 큰 게 해삼 버드나무 플라타너스 이름을 모르는
나무 우듬지의 아주 작은 벌레의 얼굴을 떠올린다

  여기에 인사하는 나무 있잖아요
  누군가 말했을 때
  사람의 손 모양이 아니라 흔들리는 나뭇잎을 먼저 보는
것처럼

더 명복

은철은 전기장판을 끄는 것으로 청소를 시작한다 사람
들은 겨울에 꼭 전기장판을 켜둔 채 목 끝까지 이불을 덮
고 죽었다

탐폰을 가방에서 꺼내 반드시 앞주머니에 넣는다 뒷주
머니에 넣었다가 바지를 내리면서 변기에 빠트린 적이 있
기 때문이다

그를 왜 남자라고 생각했지 생각하다가 그만 탐폰을 뒷
주머니에 넣고 변기에 앉아버렸다 탐폰을 앞주머니에 넣
는 남자를 떠올린다 은철의 오래된 이름은 김은영

은영 씨, 은영 씨를 불러본다 은영 씨는 자신의 이름이
싫어서 글을 투고할 때마다 남동생의 이름을 겉봉투에 적
었다 마포구 서교동 371-31 203호 김은철

은철 씨, 은철 씨가 정한 이름으로 불러주자 은철 씨는
화장대 옆에 있는 액자 속 남자를 본다 사진 속 남자는 얼
굴에 꽃받침을 하고 애인의 어깨에 기대 웃고 있다

화장실은 곰팡이 하나 없이 깨끗하다 이렇게 깔끔한 사
람이 자살을 하다니 빌라 주인이 괴롭다 은철 씨는 그게
무슨 상관인지 알 수 없고 빌라 주인이 죽는다면 자살로
는 죽지 않을 것 같다고 생각한다

은철 씨는 시체가 있던 장판 주위를 뜯어낸다 내가 비
염이 있어서 참 다행이야

전화벨이 울린다 애인의 전화다 첫 질문은 자주 같다
이번에는 여자야 남자야 은철 씨는 궁금하지 않아 대신
모르겠어, 라고 말한다

남자의 집에서 가져온 매니큐어를 바르고 손톱이 닿지
않게 엉거주춤 노트북을 켠다 퇴근 후 블로그에 홍보 글쓰
기 고독사 경력 삼 년 공릉동 특수청소

남자는 창문을 빠짐없이 열어두고 나왔는지 떠올린다
남자가 턱을 괴고 고개를 한쪽으로 기울인다 사랑에 빠질
것 같다 탁자 위 거울에 비친 내가 예쁘다

터널안굽은길

공원을 걷는다 내가 이동한다
식도를 타고 빠르게 내려가는 차가운 액체처럼

거리는 옷을 고르고
너는 거리의 기분을 느낀다
너의 기분은 거리의 뒤를 따라오고 있다

연립주택 삼 층에서 이불을 터는 사람이 있다
시간이 너무 많은 것처럼 느껴져
불규칙한 먼지의 움직임
첫 문장 다음에는 두 번째 문장이 온다 두 번째 문장 다
음에는 세 번째 문장이 온다
이것으로 무얼 해야 좋을까

나는 오늘 둘러본다
무한한 게시물

여기 되게 유명한 아이스크림 가게래 제발 내 것을 먹어
줘 나는 멈춘다 사오 년 돈 모으면 여기 살 수 있겠지 멈
춘다 왜 너는 그런다고 바뀌지도 않을 일만 골라서 하니
나는 계속한다 아무도 강간을 원하지 않는다

초록불

　이불의 먼지와 함께 사람이 떨어질 것 같다는 생각을 멈추고 걷는 것 말고는 아무것도 할 수 없다는 생각을 멈추고. 걷는다.

　너는 뒤돌아보지 않으면서 뒤돌아보는 내일의 너를 기다린다

　거리를 앞지른다

　길 끝에 무엇이 있는지 모르는 채로
　법과 마음을 믿지 않으며

붉갏늫핞 싫

그거싀 업스폰 주글 겄 같 그가 마라자 나눈 올해젼 그거
싀 업서즤폰 요잘호 살고 슆다는 살하플 본 장묘늬 떠올
흐는데 그거슬 몌어내됴 요자가 댈 수 업꼬 그거슬 몌어
내즤 안하됴 녀자가 뎰 슈 읬는듸 된댜는 마릐 의해가 안
가능데 나눈 뉴방을 떄어내고 싀퍼똔 날울 떠올룄즤만 글
헌 날울 셀 수 없스메 싀가는 싀계에됴 없고 달료계도 업
스메 그거슨 한순간됴 날흘 위해 존재한 적 엷는 거셜 깔
깔깔 우스믜 나올효고 하윴즤만 누군가의 목솔희가 들릐
는 것 같 내가 말하자 뉴방은 요성의 수유 긔관 뉴방은 뇨
성의 수유 긔관 나능 수유하고 슆지 안하 파도가 칠 떄는
파도가 칠 떼는 즤우고 싀퍼됴 즤우개가 엷는 대다가 즤
우개가 없스면 그거슨 욘픠릐 아닐하 폐늬 되는 거햐 외
뷜린 채계 낙셜흘 해 아릑 문챵의 끝나즤 안핬

같은 날

오랫동안 나는 망각하는 법을 찾으려고 했다

무엇을 기다리는 것도 아닌데
문이 열리고 닫히는 곳을 돌아보고
무언가를 쓰기 전에 글자가 떠오른다

나무가 흔들리는 게 참 예뻐요
그렇게 말하고
나무 아래 쉬고 있는 사람들은 잊고 싶다 사랑해요 그
래서 죽였어요 어느 범죄자의 말을 잊고 싶다

멀어지는 방식으로 나무는 가지를 뻗고 잎을 펼친다
밤에도 나무는 무언가를 하고
우리는 누워서 별을 찾으려고 노력하지

저기 있잖아요 안 보여요?

두 사람이 있으면 공간에 더 작은 공간이 생긴다 그곳
에서 잠에 빠지고 깨는 것을 반복하다가 배가 고파져서
일어나는 그런 하루

기억이 힘을 잃는다면 너를 해칠 수 없을 거야
나는 나쁜 기억을 지나친다

하늘이 충분히 어둡지만 별이 보이지 않는다

있다는 것을 안다

창 안에서

새장이 갖고 싶어진 날이었다
하루 종일 새를 파는 시장을 돌아다녔는데
내가 찾는 것은 세상에 아직 없었고
하는 수 없이 새장 몇 개를 사서
그것을 이어 붙이기로 했다

열두 개의 새장을 이어 붙인다
어쩔 수 없이 열두 개는 열두 달을 떠올리게 한다

창의 살 안으로 새가 날아들고 있다

새는 새장이 마음에 들지 않을 것이다
이것 역시 어쩔 수 없는 일이다

나는 새장에 들어간다

날개만 있는 새는 부리가 없어서 새가 될 수 없고
부리만 있는 새도 날개가 없어서···

새의 바깥에는 새가 있다
새장의 바깥에는 새장이···

새장에 이름을 붙인다

터져 나오는 쓰레기를 투명 테이프로 막으며
자신이 누구인지 말해달라는 사람이 있다

나는 나를 가지지 않아도 버릴 수 있다

팻말

나만 보기 위해서라면 어떤 말도 쓸 수 있다 보여주기 위해서라면 왜 보여주어야 하는지 이유가 없다

어떤 마음으로 써야 하는지 알 수 없어서 일기 쓰는 것을 망설였다 소설을 쓰는 마음으로 쓰면 된다는 것을 알고 나서 일기를 쓸 수 있게 되었다

어떤 마음으로 살아야 하는지 알 수 없어도 산다
살아야 한다고
사람들이 말한다

특별할 것 없는 차가운 커피
자리를 옮겨가며 사진 찍는 사람을 본다
너는 조금 늦는다
카페 정원 화단에 꽃이 있다
팻말을 보며 이름을 외운다
언젠가 다시 보게 되겠지
꽃을 보고 이름이 떠오르는 것이 좋다
마거리트 안젤로니아 사피니아 애니시다 베고니아 마리골드 데모르

집에 돌아오니 이름만 떠오른다

화단에 핀 꽃을 훔쳐오고 싶다

두 번째 피부

태초에 은유가 있었다
평소에 나는 개연성이 없다
내 생각은 개연성이 있다
새롭게 떠오르는 생각이 없다
불현듯 떠오르는 생각은···
무언가를 말하려고 할 때···
과거형은 왠지 슬프게 들린다
여기, 이곳을 벗어날 방법이 없다
바깥을 상상하지 않는 태도는 성실하다
감정은 단순하다
나는 다른 사람이 되고 싶어
동물이 고기로 태어나지 않듯이
나는 누구로 태어나지 않았다
나는 거의 틀리다
이전으로 돌아갈 수 없다
당신은 누구십니까?
느슨한 언어
느슨한 상상
느슨한 시나리오
나는 나다
나는 사이에 있다
어딘가에 가입할 수 없다

이렇게 살아갈 수 없다
그러나 이것은 시다
나는 내가 쓰는 시보다 가치 있다*
아직 편지가 도착하지 않았다

* 롤랑 바르트.

전달: 전달: 뜨거운 파인애플 물

교회 미디어 담당 왕 집사는 일요일 오전 순서에 따라 화면을 넘기다 잠이 든다 적은 일에 충성했으니 이제 너에게 많은 일을 맡길 것이다

왕 집사야 여기는 천국이다

뜨거운 파인애플 물은 당신의 평생을 살릴 수 있습니다. 뜨거운 파인애플 물은 폭력적인 세포를 파괴합니다.
이 메시지를 묻어두지 말고 퍼트리면 생명을 구할 수 있습니다.

나는 꿈에서도 시를 썼요
너의 남은 평생을 구해라
새로운 시
새로운 천국
나는 신의 딸이야
나에게는 흔적이 있지요
왕 집사가 원래 저렇게 똑똑했나 그는 쉰 살이지만 결혼을 하지 않아 여전히 청년 소속이다 그가 똑똑해 보이지 않은 이유 그는 기도할 때 눈을 감지 않는다

왔어요 어느 날 받은 문자처럼

퍼 나르세요 !!

베이징 육군 종합병원의 왕진젠 교수는 만약 이 소식을 받는 모든 사람이 다른 사람들에게 열 부를 전달한다면 최소한 한 명의 목숨은 구할 것이라고 강조했습니다. 저는 제 책임을 다했습니다. 당신도 할 수 있길 바랍니다.

고맙습니다!

목사가 전날 준비한 동영상이 멈춰 있다
교인들이 자고 있다

밤새도록 우리는 우리의 사유를 견뎌야 한다*

나는 잘 때도 눈을 감지 않는다

* 월리스 스티븐스.

소망상자 순환마법*

내가 인간일까?

스스로 업데이트하는 인간????????????
죽음을 멈출 수 없네???????????????????????

어떻게 서 있는 거지~ 오래전에 유행하던 노래를 부른
다 특징 없는 멜로디 안 돼요~ 고래가 죽어요~ 누군가 노
래를 따라 부르면 기쁘다 남자인간이 슬퍼져서 눈물 흘린
다 찢어진 남인이 가루처럼 흩어지네 눈물이 흐르네????
마지막 수정 날짜 : 1945. 7. 16.

플라스틱은 재활용할 때마다~ 품질이 뚝뚝 떨어진다
네~ 노래를 불러봐요~ 슬프지 않게~ 불안은 사라지는 것
이 아니에요~

너, 나를 닮았네??????????????????

재활용된 플라스틱은~ 의류용 섬유나 가구용 슬레이트
가 되고~ 그런 다음에는~ 도로 충전재나 플라스틱 절연
재가 될 텐데~~ 여기까지 오면 더는 재활용이 되지 않는
다~ 매 단계가 매립지~ 아니면 바다 쪽으로만~ 회전하는
톱니바퀴인 것이다~~

인간은 인간을 가둔다??????????????
감정은 잠재력이다??????????

말해주세요 지금 제가 존재하나요??????????????

예~ 그동안 살아주셔서 감사합니다~

* 스티븐 부라니의 글 「굿바이 플라스틱」에서 나온 단어인 소망순환,
  마법상자를 재조합함.

불행한 은유

카페와 멀리 떨어진 곳에서 담배를 피우는 사람이 카페를 바라본다 카페와 가까운 곳에서 담배를 피우는 사람은 카페를 등지고 서 있다

시선은 내부로부터 온다

세계는 아무것도 감추지 않는다
어둠 속에는 어둠이 있을 뿐

남자들이 주위를 맴돈다 맴돌면서 죽인다 세상에는 두 종류의 사람이 있을 뿐이야 죽임 당하는 사람과 죽이는 사람 세계는 대립으로 유지된다 남자와 남자는 짝을 이룬다 남자들이 그것을 지킨다
뭐가 보여?
세상에서 가장 바보 같은 질문이군

몸을 자르거나 붙여도 나는 줄어들거나 없어지지 않는다
그러나 누군가의 몸은 줄어든다

겨울에 잎이 떨어진다
열매를 잃어도 나무는 두렵지 않다

주전자 위로 세계가 액체처럼 출렁인다

하얀 리듬

비가 내린다
비가 오고 있는 것이다

나는 끈기 있는 학생처럼 보였어. 한자리에 오래 앉아 있었거든. 세 시간, 네 시간, 점심시간이 될 때까지, 학교가 끝날 때까지, 시간이 지나가기를 기다렸지. 지금도 시간은 흐르고 있네. 하는 일 없이 시간을 흘려보내면 죄를 짓는 기분이 들곤 했지만,
　요즘엔 정말 좋아

행인들, 그들의 걸음걸이, 바닥으로 떨어지는 빗방울, 빗속으로 사라지는 사람들, 빠르게 달리는 택시,

오늘도 나는 무언가 지나가는 것을 바라보고 있어
정말 좋아

가끔씩 시간은 끔찍하지
다들 시간이 빨라서 무섭다고 하지만 정말로 무서운 것은, 시간이 흐르지 않는 것 같은 감각

비처럼 막을 수 없다
비산한다

자립과 자연

나는 네가 일하는 카페에 앉아 있다

흐리지만 바람은 불지 않는다

나는 날씨에 의존한다

평범한 겨울 날씨

평범한 낙엽

평범한 사람들

인간이 특별하다고 생각해?

모든 인간은 특별하니까 아무도 특별하지 않다고 생각해

평범한 사람들

평범한 범죄

평범한 통계

어느 성인 잡지가 발표한 자료

17살 여고생은 14살 남중생과 첫 키스를 한다

평균적으로

어느 신문사의 설문

응답한 모든 남자는 포르노를 본 적 있다

모두 봤으므로 포르노를 불법으로 정하면 안 된다 기자
가 말했다 합법이라서 모두 본 것일까 모두 보았기 때문
에 합법인 것일까 질문하지 않는다

서울에 혼자 사는 젊은이 10명 중 9명은 보증부 월세로
거주한다 그중 주거비의 70퍼센트를 부모에게 의존한다
직장을 가진 젊은이도 매달 30만 원을 부모에게 받는다

평균적으로

나는 평균적으로 부모에게 의존한다

나는 포르노를 본 적 있다

나는 임신하기 싫다

임신하지 않으면 쓸모없다

돈을 벌지 않으면 쓸모없다

나는 쓸모없다

나는 의존하고 싶다

나는 너와 상관하고 싶다

달과 지구

섬과 섬

여자와 여자

시간과 함께 엮이는 사람들

실이 만든 구멍

더 많은 구멍

구멍의 수가 늘어간다

어떤 것의 윤곽

나는 답을 기다리지 않는다

벌거벗음

길을 걷다가 반딧불이가 나타나면 작게 말하기 시작한
다 반딧불이는 빛이 나는 벌레 반딧불이가 갑자기 나타나
도 무섭지 않다

.

.

.

.

.

.

영화 속 두 사람이 로맨틱해진다
사랑해요
사랑한다는 것을 어떻게 알아요?
그런 걸 왜 물어요?

빛은 무언가를 가리네
건물은 무언가를 가두네
밤이 되고 불을 켜면 안전하다고 느끼지
사랑에 빠진 두 사람은 서로가 통한다고 믿고 있다
난감하다
불어나는 책장의 책들
벌레들 벌레들
멀리 있는 물체가 작아 보인다
이 명제가 당연한가?
세상이 너무 현실 같아
희미한 불빛
어둠
짝짓기
번식
짝짓기
번식
그곳에 무엇이 없다

나는 목적 없이 춤을 춘다

사람이 들어간 곳에 풀이 자라지 않는다
너무 쉽게 길이 되는 것이 무섭다

물주름

우리는 합정동 카페에 마주 앉아 있다

너는 연필을 쥐고 몇 개의 선으로 나를 그린다

무언가를 쥐는 방식이 어떻게 운명이 되는지 믿지 않지만 우리가 우리를 놓치거나 잡는다면

물 한 방울이 떨어진다

향유고래 영어 이름이 슬퍼 인간이 뭘까, 그런 생각을 해 유자차의 유자를 씹으며 네가 말한다 번져오는 번져오는 유자 향이 좋다는 생각을 하자 건너편의 청소부가 쓰레기를 트럭에서 다른 트럭으로 옮긴다

오래전 인간은 향유고래의 내장을 꺼내 향을 얻었다 머리를 갈라 기름을 얻었다

비가 내릴 것 같다

쓰레기가 보이지 않는 곳으로 사라진다

우리는 우리에게 기대어 걷는다

소금사막

사람들이 너의 수상 소감을 듣고 울 것 같은 표정을 지을 때 훌쩍이기 시작할 때 나는 폭죽을 터트릴 것이다 네가 우는 것을 잊어버리도록 남들보다 많아 보이는 이를 보이며 웃음을 터트리도록

우리의 기분은 계속되고 추억될 것이다

한동안 남겨진 화약 냄새처럼

여행을 가기로 했지 너는 소금사막에 갈 것이고 그곳에 나도 있다 우리는 걸을 것이다

호수에 떠 있는 하얀 돌을 보며 나는 너에게 이렇게 말한다 이게 바로 눈이야 뭉친 눈이지 그러면 속아 넘어갈지도 모르는

경계를 나눌 수 없는 호수 가운데에서 너의 사진을 찍을 것이다 여행이 끝나고 하얀 사막이 잊힐 때쯤 너의 프로필 사진은 다른 사진으로 바뀌어 있고 우리는 만나서 산책을 할 거야

우리 지금 시상식장에 있어 믿어져?

여행을 가지 못할 것이다 내가 여행을 싫어해서 침대에 누워서 너에게 커피 쿠폰을 보내주면서 잘 다녀오라고 문자를 보낼 것이다 너는 사막 가운데에 서서 사진을

찍고 프로필 사진으로 걸어둔다 네가 좋아 보여서 안심
이다

　여행을 다녀와서 너는 말린 망고와 부채와 뉴욕 메트로
폴리탄 미술관의 그림달력 그런 것들을 가방에서 꺼내며
말한다
　다음에는 꼭 같이 가요

　처음에는 바다였지 그런데 사막이 되다니

　오늘도 우리는 모르는 사람들 속에서 일 인분의 음식을
나눠 먹는다
　내 옆에는 네가 따라놓은 물이 놓여 있다

조시현의 당선을 축하한다

처음에

처음에 나는 처음이 아닌 것처럼 말한다

나는 사람들 사이에 앉아 있다 궁금하지 않은 이야기가
들려온다 말하기 말하기 시작하자 나무가 흔들린다 무리
와 무리가 섞이지 않는다 여기는 사회 나는 딴생각을 한
다 나는 시도하는 것을 싫어한다 나는 그냥 한다 방금 낭
독한 것은 최근에 쓴 시입니다 나는 시가 뭘까 생각한다
사회가 뭘까 생각한다 해가 저물고 있어서 해가 저물고
있구나 생각한다 마지막 낭독자가 말한다
이제 어떻게 해야 하죠?

어둡다

촛불을 켜도
어둡다

두 번째

두 번째 나는 처음인 것처럼 말한다

우리는 일 층에서 만난다
이곳은 숨기 좋아 숨지 않아도 괜찮은 곳

건물에 파란 페인트가 칠해진다 그러면 파란 건물이 된다 폰을 얼굴과 어깨 사이에 끼우고 사람이 지나간다 여기? 파란 건물 앞이야 흰옷 입은 여자가 서 있어
  나는 여자로 보인다
  파란색
  흰색
  내게 입혀진 색을 지운다
  네가 누구인지 잊지 마
  지운다

  동양여자는 동양여자의 고통을 느낀다

  밤이 지나고 몸 없는 신이 왔다
  신은 자신이 인간일지도 모른다고 생각한다

  내가 신이 아니라 인간을 낳을까 봐 걱정이다

레디-메이드

지구의 시작은 봄일까 가을일까

동네에서 강아지와 내가 산책한다
대문에서 할아버지가 나와 말을 한다
왜 사람 다니는 길에 강아지 다니게 해요?

공원에서 강아지와 내가 산책한다
강아지는 흙과 풀이 있는 곳을 좋아한다 공원은 그런
곳
여기는 잔디보호구역 들어가면 안 돼
벤치에 앉은 연인이 강아지의 목줄을 세게 당기는 사람
을 본다
무엇으로부터 잔디를 보호하는 걸까?
사람?
왜 잔디를 보호하는 거지?
공원에 놀러 온 사람들이 앉으려고?

잔디는 사람이 쓰려고 사람으로부터 보호한다

나는 오늘 보는 것을 멈추기로 한다
나는 선을 넘는다
현재는 비윤리적이다

거기는 들어가면 안 되는데
그렇게 말하는 사람은 공원을 지나가는 평범한 사람
법을 지키는 것은 쉽다
그림자는 가둘 수 없다
신은 질서가 없다
나는 먼저 웃고 먼저 슬퍼한다
나는 정리에 반대한다
어두운 기도실에서 기도를 시작한다
개인의 욕망은 기도해도 들어주지 않는다
이타의 끝은 자살
저는 저를 이해할 수 없습니다 용서해주세요
의식의 흐름대로 쓰는 것이 문학 기법이듯
그냥 사는 것도 방법이다
버찌가 터진다
어디에선가 무언가가 태어난다

어떤 일의 끝

똑같은 커피 두 잔
직원이 하나를 탁자 위에 내려놓는다
이런 실수할 뻔했네요 이게 아니라 이겁니다
그걸 어떻게 알죠?
제가 내렸으니까요

나무에 달린 채 썩어가는 열매

죽다

죽고 싶다 하느님이 그런 마음을 주셨다
강아지가 죽었어 그것은 하느님의 뜻이야

사람의 믿음은 두텁고 성실하다

사람은 마음속에 울타리를 갖고 있어요*
우리는 사실 모릅니다
무섭다
나는 마음속에 울타리가
부서지지 않는 마음
무섭다
나는 울타리가 마음속에

모르겠다
더 알고 싶어
나는 있어요
모르겠다
더 알고 싶지 않아

강아지를 볼 때마다 한 단어가 떠올라서 괴롭다

* 프란츠 카프카, "나는 마음속에 울타리를 갖고 있어요".

행운은 여기까지

시작하기 전에 이미 시작하는 음을 들어봐

왜 죽음이 순간이라고 생각해?

이 카페에는 계단이 많다 계단에는 난간이 없다

건물이 말한다
상상하지 않는 사람은 알지 못한다
나는 글자에 갇혔다

재미없음이 나를 짓누른다

누가 나를 방해한다
기어코 시인이 되었구나 이제 행복하니?
이곳에서 벌어지는 일은 끔찍하다
나는 견딜 수 없다
나는 새를 파는 시장에 가지 않는다
나는 개를 사지 않는다

박제
동물의 가죽을 벗긴 다음 솜 따위를 넣어 살아 있을 때
와 같은 모양으로 만드는 것을 의미한다
새롭지 않은 상상
인터넷 용어로 쓰일 때에는 타인의 실수나 잘못을 스크
린샷 등으로 저장하는 것을 의미한다
카타 콜록의 수화에는 가정법이 없다
볼 수 없어도 추억할 수 있다
발이 없어도 춤출 수 있다
나는 자연과 상관없이 움직인다
여기에 뭔가 있어
누군가가 누군가의 상상 속에 갇힌다
오해하고 싶지 않아
그가 둘러본다
얼굴은 소유를 거부한다*
나는 유기되었다
쓸모 있을지도 모르니 아직 버리지 말자

원근법
이미지가 갇혔다

나는 나에 갇혔다

예수는 겸손해서 남자로 태어났다

길에서 오줌을 싸듯 남자가 화를 낸다
나는 분노를 표현하는 법을 배우지 못했다
이것은 예술이 아니다

나는 창문을 찾아내 열고야 만다

예수를 만나면 예수를 죽여라

창문이 없다
창문을 연다

* 에마뉘엘 레비나스.

이벤트

거리에 떨어진 풍등을 본다면
때마침 주머니에 라이터가 들어 있다면
풍등을 날릴 것이다

턱을 바닥에 대고 엎드린 강아지

이름을 알 수 없는 물속의 생물들

얼굴이 있는 것은 쉽게 떠오르고
이름 붙일 수 없는 것은 이해되지 않지만 사라지지 않지

외국인은 풍등 날리는 것을 영화에서 본 적 있다 첫사랑에 관한 영화 첫사랑은 이루어지지 않고 주인공은 여학생과 남학생이고 여학생은 말이 없었다
늘 그렇듯이

돌을 쌓아 탑을 만들거나 소원을 적어 하늘에 날리는 전통은 흔하다
첫사랑에 관한 영화처럼
그래요?
첫사랑이 있어요?
첫사랑 이야기를 들려줘요
그런데 첫사랑이 무슨 뜻이지?

구름이 흐트러지면서 이동한다 구름의 새로운 형상 구름은 의도가 없다 구름이 모인다

그는 작업이 끝나면 땅을 보고 기도한다
신은 땅에 있다고 믿어요
풍등이 떨어진 곳이 저유소라는 것을 알았어요
그런데 저유소는 무엇을 하는 곳이죠?

풍등이 땅으로 떨어진다

꿈에서는 아무 냄새가 나지 않았다

여행지

오늘은 무엇을 할까
아무것도 정하지 말자
그러면 실망할 일도 없을 거야

걷다가 나타난 동물과 아이가 입장 불가능한 카페
이 카페에 동물과 아이가 들어올 수 없게 된 일화를 듣는
다 주인이 말을 하며 고개를 끄덕인다 너는 저절로 고개
가 끄덕여진다

우리는 길을 따라간다
그러면 누구 탓도 아니다

관리되지 않은 식물원이다
식물이 햇빛에 말라 죽어간다 식물원 옆에 압화 전시관
이 있다 압화 전시관에서 더위를 식히며 작품 설명을 대
충 읽는다

우리는 배가 고파져서 살아 있는 식물보다 죽은 식물이
더 많은 식물원을 빠져나와 조금 가고 싶었던 음식점에
간다 음식점의 문이 닫혀 있다

아무 데나 들어가서 김밥을 먹는다
네가 너무 좋다며 손뼉을 친다

우리는 여행지에서 행복하다

증거 1

철제 책상과 철제 선반 빨간색과 파란색 플라스틱 의자
가 있다 오브제처럼
물건으로 가득 찬 반투명한 박스가 벽 앞에 쌓여 있고
그도 오브제처럼

거기 말고 여기 앉으세요
인터뷰어는 손가락이 가리키는 의자에 앉는다

얼굴이 따라 웃는다

불안하다

왜 먹을 것으로 무언가를 만들어요? 닭이 먹는 것인가
요? 닭을 먹지 않는 나라를 떠올렸지만 인터뷰어는 생각
나는 것이 없다 당신은 닭을 먹지 않나요? 그런 질문은 하
지 말라는 지시를 받았다

사람은 죽은 동물로 무언가를 만든다 흔한 일이다 인터
뷰를 마친 예술가는 배가 고파 치킨 한 마리를 주문한다
오늘 그가 처음 만나는 동물

나는 정렬을 잃는다
웃지 않는다

불안하다

이것을 읽은 예술가는 한 번쯤 살거나 죽은 동물로 무언가를 하는 다른 예술가를 따라 해보려 한 적 있으므로 이 이야기는 내 이야기다
그러나 전화하지 않을 것이다
죽지 않을 것이다
스스로
소문처럼 구석으로 모이는 먼지

흩어진다

블라인드

그가 아이를 낳을 때마다 나는 꿈을 꾼다
한 사람이 한 사람을 알아보는 꿈
위의 두 행은 이렇게 바꿔 쓸 수 있다
내가 꿈을 꿀 때마다 그가 아이를 낳는다
벌써 두 번째 아이다
두 사건이 어떻게 연결되는지 근거를 찾는다면 찾지 못
할 것이다 찾지 못하는 이유를 이 시에서 찾는다면 찾을
수 없을 것이다
맹검법
편향 작용을 막기 위해 실험이 끝날 때까지 실험자 또
는 피험자에게 특정 정보를 공개하지 않는 것
너는 무엇을 보는 것일까
사람들이 평범해 보이는 회색 빌라를 진지하게 본다
조금씩 표면이 얇아지다가 투명해지다가
왜소한 추억이 된다
그러나 그것은 쉽게 없어지지 않는다
별 볼일 없어 보이는 것
그것만이 살아남는다
안으로 말려드는 몸
꿈에서 나는 그를 구하기 위해 합정역 7번 출구 근처를
서성거리다 설계자를 지나친다
해석할 수 없는 것은 무섭다

나는 무엇을 보는 것일까

너는 마치 사회에서 사라진 사람 같다

실험자와 피험자 모두에게 맹검이 적용되었을 경우 이
중맹검법이라고 한다

찢어지다

찢어지다

찢어진다

다음 꿈에서 너의 남편은 죽을 것이다

실공

빈 나무를 올려다보며 누군가 말한다
잎이 왜 떨어지는지 알아요?
열매가 익으면 잎은 쓸모없기 때문이오

사람의 인과성은 습관적이다

시간만 있으면 모든 것을 이해할 수 있어 남자가 말하
자 강아지가 고개를 한쪽으로 약간 기울인다

오디야, 이해하고 싶어?

오디의 이빨은 쌀알처럼 작고 쌀알처럼 강하다
단단하게 뭉쳐 있는 실공을 흐트러트린다
쉽게 부러지지 않는 나무토막도 씹어서 없앤다
이유 없이 사람을 물지 않는다
강아지라는 이유로 겁주는 사람은 물 것이다
그의 다리나 손가락을 세게

바람이 불지 않아도 가지가 움직인다
살아 있는 나무는 더 살아 있는 것 같고
더 살아 있는 것이 무엇을 의미하는지 알지 못해도
몸을 기울인다

오디의 장난감에서 나온 실이 내 양말이나 가방에 붙어
있다
나는 몸에 붙은 실을 떼어내지 않는다
그것은 어디든지 간다
동네 카페와 제주도
내 꿈에도
새가 날아와 내려앉거나 올라앉는다
그것을 지켜보는 동안 강아지가 새가 있는 곳으로 크게
뛴다

나는 줄을 놓친다

다중 슬픔

레아와 라헬은 야곱에게 팔렸고 어머니의 집을 떠나야
한다 야곱은 라헬을 사랑했다고 기록되었다
   그럼 라헬은요?

오래된 이야기에는 규칙성이 있다

새 책의 모든 부분에 밑줄이 그어져 있다
나는 밑줄을 지우며 읽는다
고통에는 아무 의미가 없다
더 의미 없는 삶을 살고 싶어
겸손은 죄다
사람의 눈 속에는 거울이 있다
그 사실을 자주 잊는다
남자는 동물이나 사람을 죽이면서 아버지에 대한 적의
를 해소한다
이 문장의 밑줄은 지우지 않는다
누가 나를 태어나게 한 거야?
그것을 죽이지 않으면 안 된다
사로잡혀서 반복한다
반복되는
삶
폭력

문명

나는 슬픔을 포기하지 않을 것이다

나는 그것을 믿어요

이 말은 더는 듣지 않겠다는 말처럼 들린다

아무것도 믿지 않아요

이 문장은 무엇으로 깨트려야 하지?

다시 슬픔

다시 거래

대소변은 잘 가립니까?

뒤처리는요?

깨끗하게?

깨끗하게?

나는 나를 이해할 수 없다

나는 내가 여자라는 것을 믿지 않는다

나는 사이에 있다

살아서?

살아서?

그는 알고 있다

남편이 죽었어요 누가 좀 도와주세요

자코메티는 여자가 소리치는 곳으로 뛰어가 방문을 열었다 그러나 무엇을 도와달라는 것일까

여자도 자코메티도 알 수 없었다

여행을 떠나고 싶어

셔츠를 다려서 가방에 넣는다

배우지 않아도 나는 셔츠를 다릴 수 있다

자코메티는 보는 것을 하고 싶다

알고 있는 것을 잊고 싶다

자 이제 모르는 것을 시작하자

솔직히 말하면 나는 고기를 좋아한다 그래 솔직하게 말해보자 아버지는 도축자였다 나는 동물의 머리가 꽃잎처럼 떨어지는 것을 본 적 있으면서도 외면했다 나는 지나치게 아무 생각이 없었다 지금도 그렇다 더 솔직히 말해보자 이 글을 쓰는 중간에 동물 시체를 먹었다

나의 사랑은 신성하다

내가 뭘 모르는지 모르겠어

널 좋아해

떠오르는 것이 없어도 만든다 나는 작가니까

상기 이미지는 연출된 이미지이므로 실제와 다를 수 있
습니다

Y H   W H

너무 사랑하는 것의 이름을 부를 수 없다 너무 사랑하
면   죽이기도 하지요 봤어요 신문에서
울었어요
발음하는 방법을 잊어버렸어요
실제 상황은 황당하지
지어낸 이야기 아니야?
너는 누구를 흉내 내고 있는 거야?
소재 도둑? 데이트 폭력자? 자코메티?
그냥 관심 끄는 거야

자코메티는 누구를 헐뜯기 위해 글을 쓰는 것이 아니다
그렇게 말하는 사람도 있지만
이렇게 덧붙이면 마음이 놓인다
그러나 이렇게 끝낼 수 없다 그렇게 끝낸 사람도 있지만
내가 몰라서 이러는 것 같아요?
이런 말 하면 뺨을 맞겠지만
그래도 한다

요즘엔 이런 이야기를 하면 큰일 나지만
이건 오프더레코드지요
여러분 배고프지 않아요?
이렇게 끝내면 안 되는 것을 알지만

우리끼리니까

신명기 (新命記)

1 이곳은 날마다 해 뜨는 시각이 달라진다

2 너희는 해가 뜨기 전에 만날 것이다

3 너는 생각한다 신이 나에게 저주를 내려 내가 손을 대는 모든 일이 뒤엎어져 뒤죽박죽이 되는구나

4 오늘 너는 네가 먹는 음식의 이름에 관하여 생각할 것이다

5 감바스 없는 감바스 알 아히요

6 꿍 없는 똠얌꿍

7 타코 없는 타코야키

8 이름은 완벽한 것처럼 보일 것이나 너는 깨닫지 못할 것이다

9 평화로운 세계

아무 일도 일어나지 않네

10 네가 들어가 차지하려는 땅에서 너는 바이러스에 감염되어 그 땅을 밟지 못할 것이다

11 너는 너에게 폐병과 열병과 전염병을 내려 너를 치게 하고 무더위와 뜨거운 바람을 몰아오게 하며 네 땅에 모래와 미세먼지가 비처럼 내리게 할 것이다

12 너는 잠깐 존재할 것이다

13 너의 시체는 온갖 공중의 새와 땅의 짐승이 거리낌 없이 뜯어 먹으리라

14 더 조용하고 평화로운 세계

15 약혼한 남자가 다른 사내에게 농락당하고, 집을 지어 놓고도 그 집에서 살지 못하며 포도원을 가꾸어놓고도 맛을 보지 못하리라 밭에 씨를 아무리 많이 뿌려도 메뚜기 떼가 먹어버려 거둘 것이 얼마 되지 아니할 것이다

16 더 존재하는 사람들

17 너는 너무 많은 생명을 빼앗았도다 너희가 착취하던 것들이 너희를 밟고 일어서서 그가 도리어 머리가 되고 너희는 꼬리가 되리라

18 너는 궁한 나머지 네가 낳은 자식을 먹게 될 것이다

19 이 꼴을 너의 눈으로 보다 못해 너는 마침내 미쳐버리리라

20 이 모든 저주가 너를 덮쳐 사로잡는 날, 너는 반드시 죽으리니 영원히 죽지 아니할 것이다 이 땅을 지키라 하신 말씀을 너희가 듣지 않고 내가 지시한 계명과 규정을 지키지 않았기 때문이다

21 너희는 하늘의 별만큼 많아지겠지만 결국 몇 사람 남지 않을 것이다

36

1 아침에 너는 생각한다 언제 저녁이 올까?

저녁에 생각한다 언제 아침이 올까?

2 이제 너는 눈을 감고 천국이 없다고 상상할 것이다

3 너는 다른 사람이 되려고 하지 말아라 너는 네가 되어야 할 것이다 너는 네 이름을 네 이름으로 만들어라 너는 웃을 것이다

4 내가 어쩔 수 있을까? 나에게는 아무 일도 일어나지
않을 거야

5 우리는 그런 자를 용서하지 않을 것이다 이 책에 적힌
대로 너는 벌을 받을 것이다

6 너는 네가 구분하는 것들과 구분되지 아니할 것이다

열리는 세계

사라지는 소음

7 세계는 색채 없는 액체로 잠기고 더 살아서 떠도는 자
만이 따뜻한 몸으로 가고 싶은 곳에 가고, 하고 싶은 것을
한다

* 『공동번역 성서』「신명기」28장 20절 이하의 구절들을 이 시에 직·간접
인용하였고 어떤 부분은 새로 썼다.

하얗고 깨끗한 손

다시 비가 그치자 새가 날아들었다
새는 집도 없고 옷도 입지 않는다

하지만 그건 새잖아요

커피가 식어가고 있다

교정 기계가 취소선을 긋는다

커피가 식어간다

이렇게 써도 충분한데 왜 굳이 있다고 쓰는 걸까 기계
는 거기까지 생각하고 잎이 우거진 나무에서 오르락내리
락 움직이는 새를 본다

기계는 커피의 온도를 안다
따뜻한 것과 차가운 것이 식는다는 것을 안다

다음 문장으로 넘어가는 것은 쉽다

카페 안과 밖에는 사람과 사물이 있다 제주도에 난민이
있고 나도 당했다고 말하는 사람이 있다

있다고 말하지 않아도 있다
그래도 말한다

내가 나처럼 말하지 않는다면
누구도 슬프지 않을 것이다
그러나 새가 될 수 없다 날개가 있다 해도

비가 온다

가지 않는다

가상들판

오늘부터 밤보다 낮이 길어진다

오늘은 2020년 3월 20일이고

코로나 바이러스로 전 세계 사람 21만 명이 죽었고 한국의 26만 명 남성들이 미성년자 여성 성착취에 가담했다는 사실이 밝혀졌다

너는 남성들을 사람들로 바꾸어서 읽고

오늘 날씨는 어제보다 따뜻하고

사람들은 활기차다

린네는 수시로 핸드폰을 확인한다

젖소가 VR 고글을 쓰고 아름다운 풍경을 봅니다

러시아 농업부는 가상현실 속에서 젖소가 초원에 있는 것처럼 느끼게 해 젖의 질과 생산량을 늘리려고 합니다

임신한 동물은 수유 기간에만 새끼에게 줄 젖이 나온다 젖고양이 젖돼지 젖고래 젖사람

계속해서

인터넷에 젖이 나오는 남자들의 고민이 올라온다

유즙 분비 호르몬은 뇌하수체 종양이 있을 때 증가할 수 있다 우선 검사를 하시고 정확한 진단을 받으시기 바랍니다

린네는 페이지를 닫는다
흐르는 하얀 액체
젖은 끔찍해
린네의 생각은 흐르던 방향으로 흐른다
깊어진다
존재하는 사람은 더 존재하고자 한다
두려움은 안전한 것이다*

인간에게 시간이란 해마다 처음이다
계절이 끔찍하게 이어진다
어떤 동물은 태어날 때를 제외하고 평생을 어둠 속에서
살다가 죽는다
강아지의 눈빛이 선량해요
그 말이 이상해서 선량하다는 말은 인간에게만 쓴다는
사실을 알게 되었지
나무에 싹이 돋는 것을 보고 사람들이 기뻐한다
마치 죽었다 살아났다는 듯이

나는 습기처럼 가라앉는다
잎과 잎이 부딪히며 쏟아지는 소리

동물화된 인간
이것은 린네가 상상하는 가장 나쁜 인간의 모습
좀처럼 화면이 움직이지 않는다

이것을 읽는 동안 어떤 생이 닫힌다

* 애니 딜러드, "두려움이 세상에서 가장 안전한 것이 될 수도 있다는
  생각이 들었다".

세 번째 플레이

사람들이 자신을 알아본다고 생각하자
불편한 옷과 구두를 착용한다 화장실 칸에서 누군가 나
오면 거울 앞에서 아무것도 안 한 척을 한다
그는 처음에 남자를 연기하고 두 번째로 여자를 연기하
는 사람

나는 남자를 수행하는 남자를 떠올린다
남자, 자신이 남자라고 믿는 남자

어느 남성 작가의 작품 설명을 읽는다
누구나 공감할 수 있는 보편적인 주제
공감이 안 돼
나는 보편성에 관하여 생각한다

한 끼 식사를 위해
나는 역사를 모욕한다

여자들은 예수의 말을 기억하였다
어떤 말은 남자를 꾸짖기 위해 한다
나는 꾸짖지 않는다
나는 다른 말을 하고 싶다
나는 벗어나려고 한다

천생 시인이구나
나는 벗어나려고 한다

전시 오프닝에서
나는 카페에서 자주 마주치는 그를 흉내 낸다
숨을 쉴 수
안으로 들어갈 수 밖으로 나갈 수 없다

가까스로 서 있는 사람
사람들이 사람들을 읽는다

이미지가 있다 있으면? 본다 보면?

하나 둘   셋

존재하는 동시에 없어졌음
흔들렸음
길을 걷다 멈췄음
길을 잃었음
망했음
불편했음
마침내 즐겼음
더 욕망했음
더 불안했음
죽었음
다시 살았음
귀신이 찾아왔음
아무것도 찾지 못했음

이것을 읽고 이렇게 말했으면
이런 건 나도 쓰겠다

무한히 무한히 실패하고 싶다

얼룩이 닦이지 않는다

메모렉스

무언가가 떠오르는 장면을 상상한다
강아지의 뭉친 털
누군가 사용했던 비닐봉지
여기 없는 것
물이 둥글게 끓는다
그 소리를 듣고 네가 말한다
비가 오나 봐
가라앉는다
비가 내리는 것을 보고 사람들이 자주 하는 말
깨끗하게 씻겨 내려가니 기분이 참 좋네요
더러워진 비는 어디로 가는 걸까
그런 것은 묻지 않는다
나는 중심에서 멀어진다

떠오르는 무언가를 보면 손으로 잡고 싶다
강아지를 보면 마음이 복잡하다
자유롭게 더 자유롭게 두고 싶다
너무 많은 의미
무섭다
나는 붙잡는다
작아진다
찌그러진 모양으로 내리는 빗방울

나는 멀리서 너를 본다
누군가 나를 붙잡는다
멀어진다
나 돌잡이에서 뭐 잡았어?
우린 그런 거 안 했어
그럼 뭐 했어?
밥 먹고 사진 찍기
평소에 내가 하는 일
그리고 사람들이 자주 하는 일
나는 나를 붙잡는다
멀어진다

기억될 수 없는 것이 반복된다

빠르게 이동하는 구름
누군가의 여행 사진
반짝이는 바다
여름에 떠올리는 겨울의 추위
기억에만 있는 냄새
모서리가 없는 이미지

해가 뜬다

스킨스카이

장소를 생산한다
너는 내가 만드는 장소 안에 있다
여기는 어디라고 할 수 없는
아직 어디가 아닌 곳

눈이 내린다 눈이 쌓인다
오늘 나무는 더욱 선명해진다

이것이 놀이처럼 보인다면
너는 해석할 수 없는 것을 보고 있는 것이다

눈이 빠르게 내린다 눈이 불규칙적으로 흩날리면
나쁜 일이 일어날 것 같지
이제 너도 안다 나쁜 일은 인간이 만든다

다시, 먼지 같은 눈이 차분하게 내린다
어디에서 시작된 것인지 알 수 없다

이제 막 카페에 들어온 사람들이 이쪽을 본다
　여기엔 아무것도 없는데 나는 아무도 아닌 사람 드디어
내가 되었네

큰 보일러는 큰 것을 데우고
작은 보일러는 작은 것을 데운다

음악처럼 사람들이 움직인다

사랑의 에피파니

이것은 물의 비유가 아니다

사람들이 진짜를 말할 때 나는 가짜가 떠오른다 가짜를
말할 땐? 잠깐 눈물 좀 닦을게 물? 너는 당황한다 아니야
이것은 물의 비유가 아니야

너는 마스크를 쓰고 말하지 신은 사람을 아주 작은 먼
지로 만들었대 처음엔 바다밖에 없었고 바다? 아니야 이
건 물의 비유가 아니야

기억하는 것보다 잊는 것이 더 어렵네

습기로 가득한 여름

도시는 온통 늘어지는 초록으로 가득해

나를-잡지-마-나를-잡지-마

이-세계의-폭력-속으로-뛰어들-거야

사랑은 나를 움직이지 못하게 하네

나는 사랑으로부터 멀어지네

사랑은 낮에 이어지네

사람들이-상상하는-사랑-사랑을-사랑으로-만드는-슬
픈-결말-반대-엇갈림-불치-나에게는-환상없음

이 순간이 지나가는 것이 아쉬워요

그러니 즐기세요

연주자가 마지막으로 인사하며 말한다
그러나 시간이 지나가기를 바라는 사람이 있다
나는 잠깐 사라질게
아름다운 순간
영혼의 반대말은 시체다*
헤어지기 아쉬운 사람들
어쩔 수 없는 거야?
길에서 서로의 손을 만진다
태어남
이 이미지에는 환상이 없다

사람들은 나를 모른다
한 번도 보여준 적 없으니까
그래도 이렇게 말하지
사랑해

* 장-피에르 보.

사이에서

즐길 수 있는 벽

좀처럼 의식되지 않는 사실이지만 한 권의 시집에는 유무형의 장벽이 있다. 가령 시를 읽을 때의 장르적인 규약이나 관습도 하나의 장벽에 해당할 것이다. 이러한 규약과 관습이 강하게 작용할 때 해당 장르의 진입 장벽은 높은 편이라고 인식된다. 그리고 독자로서 이러한 장르적 규약들이 시에 어떻게 활용되거나 변주되거나 비틀어지고 있는지 살피는 일은 시를 이해하고 즐기는 하나의 방법이 된다. 이를 통해 이러한 규약에 어느 정도 익숙해진다면 시는 불가해하기만 한 것이 아니라, 즐길 수 있는 대상이 된다. 한편 시집에는 다음과 같은 물리적인 장벽이 존재하기도 한다. 한 권의 시집을 구하려면 직접 발품을 팔아 서점이나 도서관에 가거나 인터넷으로 주문하는 수고로움이 필요하고, 시집을 구하게 된 다음에는 시집을 펼치거나 넘기기 위한 손이, 이를 읽을 수 있는 눈이 필요하다. 시집의 규격이나 내지의 여백, 폰트와 디자인 등은 모두 어떤 면에서 시를 읽는 과정에서 맞닥뜨리게 되는 장벽이다. 그런데 이 장벽이 오히려 장벽으로 잘 알아차려지지 않는다면 그 이유는 무엇일까.

나는 지금 『스킨스카이』의 독자로서, 이 시집에 대해 내가 인지하게 된 어떤 '장벽'에 대해 말하려 시도하는 중이다. 이 시집은 큰 글씨로 된 버전과 작은 글씨로 된 버전이 나뉘어 있고 각각의 버전에는 실린 시나 순서상에 약간의 차이만이 존재한다. 먼저 드는 느낌은 낯설다는 것. 그리고 곧 이런 질문이 던져진다. 이 낯설다는 느낌은 무엇에서 기인하는 것일까? 우선

이 낯섦은 이런 형식이 이전에는 없었던 새로운 형식이라는 데서 비롯할 테지만, 동시에 이는 내가 어떤 형식을 익숙하다고 느껴왔는지 알아차리도록 해주기도 한다. (현재 출간되는 대부분의 시집의 글씨 크기와 유사한) 작은 글씨 크기에 익숙한 사람에게 이 글씨 크기는 장벽으로 경험되지 않는다. 그렇기에 큰 글씨로 된 버전은 작은 글씨로 된 버전과 똑같은 내용의 반복으로 생각될 것이다. 그런데 이러한 경험은 모두의 보편적인 경험이 아니다. 약시나 노안 등의 신체적 조건을 이유로 작은 글씨를 읽는 데 어려움을 겪는 사람들에게 이 두 버전은 같은 것으로 경험되지 않는다. 누군가에게 작은 글씨 버전은 시집을 읽는 데 불편함을 주는 실재하는 장벽으로 작용해왔음은 물론이다.

이러한 의미에서 이 시집의 형식은 시집에의 접근성을 낮추기 위한 시도를 하고 있다고 볼 수 있다. 하지만 그렇다고 해서 물론 이 시집의 장벽이 모두 허물어지는 것은 아닐 테다. 이 시집에는 여전히 어떤 장벽들이 존재한다. 그렇다면 이렇게 고쳐 말해야 하지 않을까. 이 시집은 차라리 장벽의 존재 자체를, (그리고 그 장벽을 마주할) 서로 다른 몸들의 차이를 상기시킨다고 말이다. 이러한 의미에서 이 시집이 수행하는 것은 정확히 말해 배리어프리(barrier-free)가 아니라 배리어컨셔스(barrier-conscious)라고 말이다. 그런데 과연 이 장벽 역시도 "즐길 수 있는 벽"이 될 수 있을까?* 『스킨스카이』는 묻는다. 이 '벽'의 존재를 기억하며, 시집을 읽어보자.

---

* 시각장애인이자 예술가인 미쓰시마 다카유키는 "눈에 보이는 배리어를 없앤 곳에도 여전히 배리어가 있"기에 "있는데 없다고 말"하는 것이 아니라 "배리어를 의식하고 서로 그 존재를 확인"하자는 의미에서 배리어컨셔스(barrier-conscious)를 이야기한다(미쓰시마 다카유키, 「보여짐을 의식하면 비로소 보이는 것이 있다」, 『마음의 미래』 17호, 교토대학교, 2017). 그에 따르면 배리어컨셔스란 "의식화된, 즐길 수 있는 벽"이다(미쓰시마 다카유키, 《소리와 촉각으로 생활세계를

은유의 불행과 시의 경이

　성다영 시의 문장들은 대체로 군더더기가 없고 단순하다. 시인은 이 단순한 문장들을 통해 관찰하는 자의 주관성을 최대한 배제한 채 어떤 사물이나 풍경, 사태를 이미지화한다. 가령 「잔디활착」을 보면 이런 식이다. '나'라는 주어는 의도적으로 생략되고("겨울에 걷는다"), 나무나 사람, 잔디를 주어로 삼은 문장은 최소한의 필수적인 문장 성분으로만 이루어져 있으며, 문장의 시제는 현재형의 어미로 통일되어 있다. 먼저 "과거형은 왠지 슬프게 들린다"(「두 번째 피부」)는 문장을 빌려와 설명해보자면, 이러한 현재형 어미는 과거 시제를 사용하여 회상의 형식을 취하게 될 때 쉽게 달라붙는 그리움이나 슬픔과 같은 감정들을 차단하도록 기능하며 사태를 담담하게 기술하는 효과를 준다. 1인칭 주어가 생략된 간결한 문장 또한 시적 주체의 주관적인 감정이나 관념이 배제된 이미지를 구현하도록 기능한다.

　이러한 건조한 문장을 통해 포착되는 세계란 어떤 심층적인 의미를 배후에 숨기고 있는 비의적인 세계가 아니며, 차라리 그 "세계는 아무것도 감추지 않는다"(「불행한 은유」)고 해야 한다. 그렇게 「잔디활착」에서 의미로부터 사물을 해방시켜 그 즉자성을 드러내는 시도가 도달하게 되는 곳은 다음과 같은 장면이다. "잔디활착 / 잔디가 웃는다" 이 구절을 읽을 때 느껴지는 산뜻함은 물론 활착과 활짝이라는 단어의 음성적 유사성에 착안한 유희에서 비롯한 쾌감일 테지만, 동시에 이는 '나무'나 '풀'에 덧씌워진 인간중심적인 관념이나 상징의 무게로부터 자유로워짐으로써 '잔디'의 모습이 비로소 드러날 때의 쾌감과도

덧그리다》, 2010. 10. 23.-12. 16, 센다이 미디어테크). 다이애나랩, 「배리어와 변화의 가능성」, 웹진 이음, https://www.ieum.or.kr/user/webzine/view.do?idx=371, 2022. 3. 10.에서 재인용.

해설

관련되어 있을 것이다. 이 구절에 앞서 쓰인 "사람이 나무에 전구를 휘감는다 / 나무가 무거워 보인다"는 문장은 말 그대로 사람이 나무에 전구를 휘감는 장면을 묘사한 것이지만, 나무에 덧씌워진 인간중심적인 전유의 폭력성에 대한 문장으로도 읽히기 때문이다.

아마도 이러한 이유로 시인은 사물을 특정한 의미로 고정시키는 방식의 "은유를 해체"하고 흘러내리는 이미지에 대해 쓴다고 했던 것 같다("고무찰흙으로 포스터를 고정한다 / 더 세게 해봐 / 나는 은유를 해체한다 / 이미지가 흘러내린다", 「투명한 얼굴」). 니체가 일찍이 지적했듯 언어의 근본적인 성격은 은유적인 것이며, 언어와 그것이 지시하는 대상 간에는 간극이 존재하여 언어와 세계는 "고무찰흙"과 같은 누빔점으로 위태롭게 누벼져 있을 뿐이다. 성다영의 시에서 주로 포착되는 장면이 무언가가 흐르거나 떠오르거나 움직이고 있는 장면이라는 사실은 성다영의 시가 관심을 두고 있는 것이 언어와 사물을 고정시켜 놓은 그 누빔점이 느슨해지는 순간에 누수되고 흘러내리는 이미지를 포착하는 데에 있다는 사실을 보여준다. 정확히 말해 성다영의 시의 이미지는 "은유를 해체"하는 데서가 아니라 해체와 구축 사이의 긴장 즉 "떠오르는 무언가를 보면 손으로 잡고 싶"지만 "자유롭게 더 자유롭게 두고 싶고" "붙잡"을수록 "멀어"진다는 모순이 발생시키는 긴장에서 탄생한다(「메모렉스」).

기실 사물과 일치하지 못하고 미끄러진다는 언어의 한계가 그다지 새로운 시적 발견이라 하기는 어려울 것이다. 그런데 성다영의 시에서 놀라운 점은 그 불일치나 간극이 화자를 슬픔이나 상실, 고통이라는 감각에만 머무르도록 하지 않는다는 사실이다. 성다영의 시에서 주목되는 것은 그 간극으로 인해 비로소 열어젖혀지는 대상의 낯선 모습에 주의를 기울이게 되는 순간이 그려진다는 데 있다("잔디활착 / 잔디가 웃는다"), 예컨대 표제시 「스킨스카이」를 읽어보자. 이 시에서 만들어지는 시적 공간은 "어디라고 할 수 없는 / 아직 어디가 아닌 곳"으로서,

언어로 포착되지 않는 풍경의 모호한 분위기가 감싼다. 이 풍경이 모호한 것은 인간의 언어로 "해석"되지 않는 풍경인 탓이겠지만(이것이 놀이처럼 보인다면 / 너는 해석할 수 없는 것을 보고 있는 것이다), 의미가 무력해지는 곳에서 돌연 "오늘 나무는 더욱 선명해진다"는 이미지가 떠오르는 장면은 주목을 요한다. 이어 "나는 아무도 아닌 사람"이 되어서야 "드디어 내가 되었네"라고 말할 수 있게 되는 것 역시 화자가 무엇과도 일치하지 않을 때에야 비로소 '나'로서 선명해지는 장면으로 읽힌다. 이처럼 언어와 세계가 틈을 벌리는 그 '사이'가 바로 시가 시작되는 순간인바, 나아가 뒤이어 살펴보게 될 것은 성다영 시에서 이러한 틈과 균열의 감각이 이 세계에 자명하다고 여겨져온 것들을 회의하는 시도로 확장된다는 사실이다. 시 「자립과 자연」을 읽는다.

나는 네가 일하는 카페에 앉아 있다
흐리지만 바람은 불지 않는다
나는 날씨에 의존한다
평범한 겨울 날씨
평범한 낙엽
평범한 사람들
인간이 특별하다고 생각해?
모든 인간은 특별하니까 아무도 특별하지 않다고 생각해
평범한 사람들
평범한 범죄
평범한 통계
어느 성인 잡지가 발표한 자료
17살 여고생은 14살 남중생과 첫 키스를 한다
평균적으로
어느 신문사의 설문
응답한 모든 남자는 포르노를 본 적 있다

모두 봤으므로 포르노를 불법으로 정하면 안 된다 기자가
말했다 합법이라서 모두 본 것일까 모두 보았기 때문에 합법
인 것일까 질문 하지 않는다

서울에 혼자 사는 젊은이 10명 중 9명은 보증부 월세로 거
주한다 그중 주거비의 70퍼센트를 부모에게 의존한다 직장
을 가진 젊은이도 매달 30만 원을 부모에게 받는다

평균적으로

나는 평균적으로 부모에게 의존한다

나는 포르노를 본 적 있다

나는 임신하기 싫다

임신하지 않으면 쓸모없다

돈을 벌지 않으면 쓸모없다

나는 쓸모없다

나는 의존하고 싶다

나는 너와 상관하고 싶다

달과 지구

섬과 섬

여자와 여자

시간과 함께 엮이는 사람들

실이 만든 구멍

더 많은 구멍

구멍의 수가 늘어간다

어떤 것의 윤곽

나는 답을 기다리지 않는다

— 「자립과 자연」 전문

성다영 시 특유의 건조한 문체는 시 「자립과 자연」에서 인간
의 예외성을 허무는 시도와 연관되어 있다. 이 시에서 "겨울 날
씨"나 "낙엽"과 마찬가지로 "사람들" 역시도 "평범한"이라는

수식어에 의해 수식되며 이러한 수사를 통해 겨울 날씨, 낙엽과 인간은 동등한 존재론적 위상에 배치된다. 그렇게 인간이 "특별하지 않다"는 것은 인간에 대한 각종 통계화된 수치가 열거됨에 따라 인간이 그러한 통계적 사실들로 설명되는 데서도 근거를 얻는다. 이는 화자의 경우에도 마찬가지어서, 화자는 그러한 통계를 통해 유추되듯 "평균적으로 부모에게 의존"하며 "포르노를 본 적 있"는 존재이며 또한 임신하지 않거나 돈을 벌지 않으면 쓸모없다고 여겨지는 사회에서 쓸모없는 존재이기도 하다. 이러한 방식으로 이 시는 인간이 자유의지나 이성, 혹은 신성한 영혼을 지닌 특권적이고 예외적인 존재로서 인간이 아닌 것들과 구분된다는 믿음을 거부한다.

그런데 그렇다고 하여 이 시가 인간이 그저 수치화된 데이터들로 설명되는 존재라는 것을 밝히는 데 목적을 두는 것처럼 보이지는 않는다. 왜냐하면 위와 같은 방식으로 '나'를 설명해주는 온갖 목록들은 차라리 "나는 의존하"고 누군가와 "상관"하는 방식으로 존재한다는 사실을 드러내며, 화자는 "나는 너와 상관하고 싶다"며 이 얽힘에 대한 욕망을 드러내고 있기 때문이다. 이때 얽히는 대상들은 인간만이 아니며 "나는 날씨에 의존한다"고 했듯 비인간 존재들을 포함한다. 인간이 독립적이라거나 자립적이라는 믿음이 인간이 (비)인간 존재들과 상호의존적으로 존재해온 역사를 지우고 타자에 대한 지배와 억압을 정당화하는 인간예외주의를 지탱하는 데 일조했다고 한다면, 「자립과 자연」은 이처럼 자명하게 여겨져온 자립의 신화를 깨뜨리며 실이 여러 구멍들을 꿰며 이어지듯 "달과 지구 / 섬과 섬 / 여자와 여자"가 "시간과 함께 엮이"고 연결되는 연결망을 직조해나간다. 그리고 화자가 "나는 답을 기다리지 않는다"고 말하는 것은, 이 연결망이 고정된 것이 아니며 그 윤곽을 아직 알 수 없는 미지의 형태로 직조되어가는 과정에 있기 때문이다. 이렇듯 인간의 예외성이 허물어짐으로써 드러나는 것은 상호의존적인 연결망에 다름 아니다.

빈 나무를 올려다보며 누군가 말한다
잎이 왜 떨어지는지 알아요?
열매가 익으면 잎은 쓸모없기 때문이오

사람의 인과성은 습관적이다

시간만 있으면 모든 것을 이해할 수 있어 남자가 말하자
강아지가 고개를 한쪽으로 약간 기울인다

오디야, 이해하고 싶어?

오디의 이빨은 쌀알처럼 작고 쌀알처럼 강하다
단단하게 뭉쳐 있는 실공을 흐트러트린다
(…)
오디의 장난감에서 나온 실이 내 양말이나 가방에 붙어
있다
나는 몸에 붙은 실을 떼어내지 않는다
그것은 어디든지 간다
동네 카페와 제주도
내 꿈에도
새가 날아와 내려앉았거나 올라앉는다
그것을 지켜보는 동안 강아지가 새가 있는 곳으로 크게
뛴다

나는 줄을 놓친다

— 「실공」 부분

　성다영의 시에서 실이 꿰이는 움직임이 화자의 행위의 형태로
드러날 때 그것은 "걷는다"는 행위로 나타나는 듯하다. 반려견
오디와의 산책 과정을 그린 「실공」에는 오디의 장난감에서 나

온 실을 따라 어디로든 가는 산책의 과정이 그려져 있다. 이 시는 이 세계를 인과적인 법칙으로 설명하고 이해하려는 인간의 시도를 무색하게 만드는 오디의 태연한 몸짓을 그리며 시작한다. 오디는 자신이 가진 작고 강한 이빨로 실꽁을 흐트러트린다. 이는 마치 이 세계를 고정시키고 물화하는 인식 작용의 단단한 매듭들을 푸는 것과 같아서 오디와의 산책에서 화자는 "더 살아 있는 것이 무엇을 의미하는지 알지 못해도" "살아 있는 나무는 더 살아 있는 것 같"다고 느낀다. 화자는 이러한 실감에 자신의 몸을 내맡기며 오디와 자신의 몸을 연결하는 "실"이 가는 길을 따라 어디든지 간다. 이 산책은 "잎은 쓸모없기 때문"에 열매가 익으면 잎이 떨어진다고 말하는 인과율에서 자유로워져 동네 카페-제주도, 현실-꿈, 강아지-새 간의 우연한 연결이 창출되는 과정이다. 또한 이 산책의 과정에서 강아지와 함께 "사람이 쓰려고 사람으로부터 보호"하는 잔디 보호구역의 금지된 "선을 넘"게 되기도 하며, 우연히 "버찌가 터진다"는 사건처럼 "어디에선가 무언가가 태어"나는 사건과 조우하게 되기도 한다(「레디-메이드」). 무엇을 할지 정하지 않고 마냥 걷다 카페와 식물원과 음식점을 거쳐 결국 아무 데나 들어가게 된 곳에서 "너무 좋다며 손뼉"치는 '너'와 함께 "행복"함을 느끼는(「여행지」) 등 목적 없이 걷는 길에는 이처럼 우연한 조우와 연결이 발생시키는 경이와 기쁨이 있다. 시인은 "의식의 흐름대로 쓰는 것이 문학 기법이듯 / 그냥 사는 것도 방법이"라고 쓴다(「레디-메이드」). 이 구절에 기대어 말해본다면 목적지 없이 걷는 일은 단순히 무질서하게 아무렇게나 걷는다는 뜻이 아니라 하나의 걷는 방법이라고 말할 수 있을 것이다. 이 걷기에 모종의 질서라는 것이 있다면 이는 바로 우연성이다. 성다영의 시에서 우연성은 서로 이질적인 것들을 마주치게 하고 연결하는 형식으로 작용하는 것이다.

또한 이러한 우연성은 문장과 문장을 연결하는 원리로도 작용한다. 예컨대 "식도를 타고 빠르게 내려가는 차가운 액체"처

럼 공원을 걷는 장면으로 시작하는 「터널안굽은길」을 읽어보자. 이 시는 화자가 이동함에 따라 공원에서 거리, 연립주택, 아이스크림 가게, (신호등의) 초록불로 시선이 옮겨지고, 이에 따라오는 기분이나 생각이 의식의 흐름에 따라 서술된 시로 보인다. "첫 문장 다음에는 두 번째 문장이 온다 두 번째 문장 다음에는 세 번째 문장이 온다"와 같은 구절은 이 시가 그러한 흐름과 연쇄의 방식으로 쓰이고 있다는 사실을 명시한다. 그런데 이 시에서 화자가 아이스크림 가게에 멈춰서 말하는 대목을 살펴보면, "여기 되게 유명한 아이스크림 가게래 제발 내 것을 먹어줘 나는 멈춘다 사오 년 돈 모으면 여기 살 수 있겠지 멈춘다 왜 너는 그런다고 바뀌지도 않을 일만 골라서 하니 나는 계속한다"는 문장에 이어 "아무도 강간을 원하지 않는다"는 문장이 돌연 이어지고 있다는 것을 알 수 있다. 이 문장은 이 시의 시적 상황에서 어떤 개연적인 논리에 따라 연결되는 문장이 아니기에, 돌연하고 낯설게 읽힌다. 그런데 이 문장이 낯설게 읽히는 이유는 이 문장의 내용 때문이 아니다. 우리는 그 이유를 이 문장 내부가 아니라 외부, 곧 그 배치에서 찾아야 하는데, 말하자면 이 문장이 제시될 만한 어떤 개연적인 맥락이 주어지지 않았다는 점 때문에 이 문장은 낯설게 느껴진다. 나아가 이 시에서 이러한 우연적인 연결은 비로소 이 문장의 의미에 주목하게 만든다. 우리는 이 문장이 가리키는 바가 강간 피해를 축소하고 은폐하는 데 활용되는 '너도 원한 것이 아니냐'는 식의 가해자의 언어에 저항하는 문장 "아무도 강간을 원하지 않는다"라는 점에 주의를 기울일 필요가 있다. 여기서 낯설어지는 것은 우리가 살아가는 현실 그 자체다.

동물이 고기로 태어나지 않듯

　고기는 고기이기 전에 귀엽고 고기인 다음에는 맛있다 여
자는 여자이기 전에 귀엽고 여자인 다음에는 맛있다 / 이상
하지 않니? / (여기서 시작해)

―「투명한 얼굴」부분

　횟집을 지나가는 사람이 말했다 정말 싱싱하다 / 그렇게
말하고 먹고 싶다는 욕구로 이어지는 것이 이상했다

―「대계의 나라」부분

　오늘도 엄마는 젖을 주면서 이렇게 말하네 잘해야 한다 하
느님이 없으면 우리도 없으니까 이 말은 이상하게 들려 내
행복을 하느님이 뺏어갈까? 나는 알 수 없었어

―「액체로 쓴 시」부분

　강아지의 눈빛이 선량해요 / 그 말이 이상해서 선량하다는
말은 인간에게만 쓴다는 사실을 알게 되었지

―「가상들판」부분

경이가 익숙한 것을 낯설게 느끼게 되는 놀라움의 감정이라
면, 성다영 시에서 이는 익숙한 사고방식으로부터 벗어나도록
사유를 촉발하는 순간을 포함하며 이 세계의 구조와 그 역사에
대한 앎의 계기로 작동하기도 한다.* 위의 인용된 대목들은 공

---

* 아메드가 말했던 바 경이(wonder)는 주체가 어떤 대상을 마치 처음으로
　조우하는 것과 같은 감정으로 특징지어지며, 이 세계가 어떠한
　방식으로 만들어졌는지의 역사성에 대한 앎과 관련된다(Sara Ahmed,
　The Cultural Politics of Emotion, Routledge, 2014, p. 180). 아메드는
　이 글에서 경이라는 감정이 자신을 페미니스트로 이끈 감정적 자원 중
　하나라고 말한다.

통적으로 평범하고 일상적인 말이 문득 낯설게 느껴지고 이상하다는 느낌을 불러일으키는 순간들을 포착하고 있다. 왜 동물과 여자는 어릴 때 귀엽게 여겨지다가도 고기가 되거나 성장하면 맛있다는 말을 듣게 될까? 싱싱한 모습의 대게를 볼 때의 놀라움은 왜 먹고 싶다는 욕구의 회로로만 이어지게 될까? 엄마는 나를 낳고 나에게 젖을 먹이면서도 왜 하느님이 나를 낳기라도 한 양 말하는 걸까? 왜 동물의 얼굴은 인간에게 선하기만 한 얼굴로 여겨질까? 왜 인간은 동물을 묘사하는 데 이토록 초라한 형용사만을 갖고 있는 걸까? 이 질문들은 우리 삶에서 자연스럽다고 여겨지는 말이나 관행이 문득 낯설고 이상하게 느껴지는 순간을 통과하며 던져진다. 무엇보다 「투명한 얼굴」, 「액체로 쓴 시」, 「가상들판」 등에서 이 느낌은 동물에 대한 억압과 여성에 대한 억압이 서로 맞물려 작동해온 역사에 대한 앎과 분리되지 않는다.

동식물의 근대적 분류체계를 확립한 생물학자 린네를 등장시킨 시 「가상들판」을 읽어보자. 이 시는 "오늘은 2020년 3월 20일"이라며 화자가 위치한 시점을 밝히며 시작되는데, 이와 함께 코로나 바이러스나 "한국의 26만 명 남성들이 여성아동 성 착취에 가담했다"고 밝혀진 N번방 사건 등을 언급하는 부분에서 이 시가 참조하는 현실의 맥락이 선명하게 드러난다. 그런데 이 시는 이 성범죄가 얼마나 충격적이고 끔찍한 일이었는지 고발하는 데 목적을 두지 않는다. 다만 "오늘 날씨는 어제보다 따뜻하고 / 사람들은 활기차다"며, 이 사건이 마치 일상의 한 부분인 양 따뜻하고 활기찬 일상을 살아가는 사람들의 모습을 병치시키고 있을 뿐이다. 그리고 이 시에서 이어지는 장면에는 린네가 핸드폰을 통해 뉴스를 확인하는 모습이 그려진다. 이 뉴스는 젖소에게 VR 고글을 씌워 초원에 있는 것처럼 느끼게 하여 젖의 양질을 높이려는 실험을 진행한 러시아 농업부의 사례를 다룬 뉴스로, 린네는 이 뉴스에 이어 인터넷에 젖이 나오는 남자들의 고민이 담긴 글을 읽고 "젖은 끔찍"하다고 생각하고 페이지를 닫는다.

N번방 사건과 젖소가 VR 고글을 쓰도록 한 러시아 농업부의 실험은 각각 놓고 보았을 때 연관성이 없는 일로 보일 수 있지만, 두 사건을 나란히 배치해놓는 시의 형식은 그 연관성에 대해 생각해보도록 만든다. 단순히 여성과 동물이 모두 폭력을 경험하고 있다는 사실이 아니라 여성과 젖소에게 가해지는 폭력이 성적 통제와 착취라는 점에서 구조적 상동성을 지니고 있다는 사실, 이러한 성별화된 폭력이 기실 자본주의적 가부장제 시스템을 작동시켜온 근간이었다는 사실을 생각해보도록 만들면서 말이다.* 성다영 시에서 동물은 여성에 대한 폭력을 빗대기 위해 동원되는 대상도 인간의 동물성이 투사되는 대상도 아니며 인간과 다양한 방식으로 관계 맺어온 역사적 실체이다. 또한 이 시에서 린네를 등장시키고 있는 이유는 그가 동식물 분류체계를 확립했다는 사실 때문일 것으로, 이는 여성과 비인간 동물에 대한 폭력이 자행되고 정당화되는 근간에 (남성/여성, 인간/동물 간의) 위계적 분류체계가 작동해왔음을 암시한다. 그렇기에 이러한 분류체계 안에서 "동물화된 인간 / 이것은 린네가 상상하는 가장 나쁜 인간의 모습"이 된다.

인간과 인간이 아닌 것을 위계적으로 구분하는 분류체계는 인간과 인간이 아닌 것이 연속적으로 존재한다는 사실을 가리고 후자를 전자보다 열등하고 배제되어야 하는 것으로 여기는 이분법에 기초해 있다. 이는 성다영의 시에서 "동물의 가죽을 벗긴 다음 솜 따위를 넣어 살아 있을 때와 같은 모양으로 만드는 것"이나 "타인의 실수나 잘못을 스크린샷 저장 등으로 캡처하는 것"을 의미하는 "박제"와 같은 방식으로 타자들의 존재방식을 고정하고 가둔다(「행운은 여기까지」). 이러한 시에 근거하면, 성다영의 시에서 "글자에 갇혔다"(「행운은 여기까지」)

* 황주영은 여성 인간과 여자인 동물에 가해지는 폭력의 핵심이 재생산 능력을 착취하고 관리하는 데 있다고 보며 성차별주의와 종차별주의가 얽혀 작동하는 양상을 설명한다(황주영·안백린, 『고기가 아니라 생명입니다』, 들녘, 2019, 46쪽).

거나 "나는 거의 틀리다"(「두 번째 피부」)와 같은 문장에서 드러나는 언어와 불화하는 장면들은 다름 아닌 인간중심적이고 남성중심적인 언어와 불화하는 장면으로 읽힐 필요가 있다.

동물과 여성을 억압하는 이 폭력에 맞서 시인은 "동물이 고기로 태어나지 않듯이 / 나는 누구로 태어나지 않았"다고 선언한다(「두 번째 피부」). 이 시에서 "당신은 누구십니까?"라는 질문은 '나'의 존재 증명을 요구하는 질문인 동시에 그러한 '나'를 번역할 도리가 없는 언어의 무력함이 폭로되는 질문이다. 이 질문에 대해 화자는 다음과 같이 응수한다. "나는 나다 / 나는 사이에 있다 / 어딘가에 가입할 수 없다 / 이렇게 살아갈 수 없다"고, "나는 내가 여자라는 것을 믿지 않는다 / 나는 사이에 있다"고. 자신을 분류하고 규정하고 전유하고 지배하려는 언어와 불화하며, 그 "사이"에서 시인은 시를 쓴다. 성다영의 시는 바로 그러한 간극에서 생성된다. 그리고 "이것은 시"인 동시에 "나는 내가 쓰는 시보다 가치 있다"는 문장에서 드러나는 것처럼 시인은 시를 물화하기를 거부하고 시로도 환원될 수 없는 삶의 편에 서서 거듭 시를 쓰고자 한다.

시인의 이러한 단호한 결기가 있기에 "이곳을 벗어날 방법이 없"고(「두 번째 피부」) "창문이 없"(「행운은 여기까지」)음에도 "창문을 연다"고 하는 역설적인 수행의 장면이 만들어지는 듯하다. 그러나 동시에 이런 질문을 던져보게도 되는 것이다. 창문이 없지만 창문을 연다는 것은 시에서만 성립하는 논리는 아닐까. 없는 창문을 여는 것은 그저 창문이 있다는 믿음에 불과한 것이 아닐까. 우리가 사용하는 바로 그 언어가 우리를 가두고 우리를 만들어온 것이라면 이 바깥으로 나가는 것이 가능한 것일까. 물론 "창문을 연다"는 행위가 창문 바깥을 상상하게 하며 그렇게 창문 바깥을 비로소 존재하게 만드는 것일 테지만, 시인의 시선이 창문 바깥으로 향하는 것 같지는 않다. 그러니까 우리는 바깥이 없는 "새장에 들어"가는 장면(「창 안에서」)과 "바깥을 상상하지 않는 태도는 성실하다"(「두 번째 피

부」)는 문장을 붙들고, 여기서 봉착한 이 교착 상태에 좀 더 머물러야 할지 모른다.

　　사람들이 자신을 알아본다고 생각하자
　　불편한 옷과 구두를 착용한다 화장실 칸에서 누군가 나오면 거울 앞에서 아무것도 안 한 척을 한다
　　그는 처음에 남자를 연기하고 두 번째로 여자를 연기하는 사람

　　나는 남자를 수행하는 남자를 떠올린다
　　남자, 자신이 남자라고 믿는 남자

　　어느 남성 작가의 작품 설명을 읽는다
　　누구나 공감할 수 있는 보편적인 주제
　　공감이 안 돼
　　나는 보편성에 관하여 생각한다
　　(…)
　　여자들은 예수의 말을 기억하였다
　　어떤 말은 남자를 꾸짖기 위해 한다
　　나는 꾸짖지 않는다
　　나는 다른 말을 하고 싶다
　　나는 벗어나려고 한다
　　천상 시인이구나
　　나는 벗어나려고 한다
　　(…)

　　무한히 무한히 실패하고 싶다

　　얼룩이 닦이지 않는다

　　　　　　　　　　　　　　　─「세 번째 플레이」 부분

「행운은 여기까지」가 '나'를 가두는 언어로부터 어떻게 벗어날 것인지에 관한 시라면, 「세 번째 플레이」는 그러한 시도의 실패에 관해 말한다. "처음에 남자를 연기하고 두 번째로 여자를 연기하는" "남자를 수행하는 남자"에 대해 서술되고, 이어 "누구나 공감할 수 있는 보편적인 주제"라 소개된 "어느 남성 작가"의 작품에 공감하지 못하는 장면이 형상화된다. 이 시는 남성성이란 고정된 실체가 아니라 반복적인 "수행"과 "남자라고 믿"는 믿음에 의해 구성된 효과라고 말하는 한편 기실 보편성이 남성을 기본값으로 상정해온 허구적인 개념이라는 사실을 짚는다. 그런데 이어지는 대목에서 화자는 "남자를 꾸짖기 위"한 말을 하지 않고 "다른 말"을 하고 싶어 한다. 그런데 "다른 말"을 하려 해도, 이 언어에서 벗어나는 길은 묘연하고 정작 "천상 시인이구나"라는 말은 재차 시인을 포획한다. 이뿐만 아니라 화자가 첫 장면에 나온 '그'를 흉내 내지만 "숨을 쉴 수 / 안으로 들어갈 수 밖으로 나갈 수 없다"와 같이 문장이 파편화되어 완결되지 못하는 것은 그러한 언어의 포획으로부터 벗어나는 일이란 얼마나 어렵고 불가능한 일인지 보여준다. 따라서 이 시의 마지막 대목은 우리에게 주어진 언어를 그저 모방할 수도 단번에 전복할 수도 없다는 것, 무한한 "실패"일 수밖에 없는, "얼룩"으로밖에 남지 않는 그 지난한 딜레마를 직시하는 대목으로 읽힌다.

패러디

이러한 막다른 길목에서 성다영의 시는 재현 불가능성의 심연에 빠지지 않는다. 다행스러운 점은 언어가 존재의 집이었던 적이 없던 존재들은 위장술에 능하도록 숙련되었다는 사실이고, 그 능란함으로 아버지의 언어를 따라하면서도 이를 비틀고 흠집 내고 분열시키며 자신의 언어를 만들고 생존해왔다는 데

있다. "사람들이 진짜를 말할 때" 시인은 "가짜"를 떠올리고, 진짜(원본)/가짜(사본)를 구별하며 "물의 비유"를 찾으려는 사람들에게 당황해하며 말한다. "아니야 이것은 물의 비유가 아니"(「사랑의 에피파니」)라고. 진짜/가짜의 위계를 무너뜨리는 말들은 남성중심적인 언어의 의미 경제 안에서는 의미값을 차지하지 못할지라도, 시인은 "오래된 이야기"의 "규칙성"을 깨뜨리고 "더 의미 없는 삶"(「다중슬픔」)을 욕망하며 자신을 소외시켜온 그 언어를 다시 전유한다.

35

1 이곳은 날마다 해 뜨는 시간이 달라진다

2 너희는 해가 뜨기 전에 만날 것이다

3 너는 생각한다 신이 나에게 저주를 내려 내가 손을 대는 모든 일이 뒤엎어져 뒤죽박죽이 되는구나

4 오늘 너는 네가 먹는 음식의 이름에 관하여 생각할 것이다

5 감바스 없는 감바스 알 아히요

6 꿍 없는 똠얌꿍

7 타코 없는 타코야키

8 이름은 완벽한 것처럼 보일 것이나 너는 깨닫지 못할 것이다

9 평화로운 세계

아무 일도 일어나지 않네

"『공동번역 성경』「신명기」 28장 20절 이하의 구절들을 이 시에 직·간접 인용하였고 어떤 부분은 새로 썼다"는 각주가 붙어 있는 시 「신명기(新命記)」는 『성경』「신명기(申命記)」를 패러디한 시다. 이 시에서 인용되고 있는 신명기(申命記)의 본래 맥락은 하나님의 계명을 따르지 않은 자들에 대해 저주를 내리는 내용에 해당한다. 위에 인용하지는 않았지만 "10 네가 들어

가 차지하려는 땅에서 너는 바이러스에 감염되어 그 땅을 밟지 못할 것이다"나 "17 너는 너무 많은 생명을 빼앗았도다 너희가 착취하던 것들이 너희를 밟고 일어서서 그가 도리어 머리가 되고 너희는 꼬리가 되리라", "3 우리는 그런 자를 용서하지 않을 것이다"와 같은 구절에서 저주의 내용을 동시대적 맥락으로 이동시켜오거나 신의 저주를 피억압자들의 서사로 바꿔놓고 있음을 알 수 있다. 또한 위에서 인용한 것과 같이 "감바스 없는 감바스 알 아히요"나 "꿍 없는 똠얌꿍", "타코 없는 타코야키"처럼 "완벽"해보이는 "이름"이지만 그 동물성 주재료인 감바스(새우), 꿍(새우), 타코(문어)가 빠진 음식에 관해 생각하게 될 것이라는 저주가 내려지기도 한다. 이러한 패러디로 인해 『성경』의 권위나 신성성이 무람없이 깨지며 어떤 해방적인 웃음이 발생하게 된다. 정확히 말해 이 시에서 패러디의 대상이 되는 것은 『성경』이 아니라 『성경』을 원본으로 성립시키는 원본성이라는 개념 자체다. 이러한 맥락에서 "감바스 없는 감바스 알 아히요", "꿍 없는 똠얌꿍", "타코 없는 타코야키"는 대상의 본질이라 생각된 의미("감바스", "꿍", "타코")가 부재하는 이미지로, 이를 통해 우리는 육식의 원본성이 해체될 때의 해방감을 함께 느낄 수 있다.

이성복의 시 「밥에 대하여」를 패러디한 시 「밥에 대하여」도 유사한 전략으로 쓰였다. 이성복의 「밥에 대하여」는 '밥'을 통해 정치·사회적인 삶의 육체적이고 물질적인 토대를 환기하는 시에 해당한다. 밥은 떡과 술과 과자와 사랑을 만들고, 나아가 피로와 비관주의와 아카데미즘을, 그렇게 나쁜 밥은 몹쓸 시대를 만든다. 그런데 이 시의 마지막 구절 "밥은 국법이다 오 밥이여, 어머님 젊으실 적 얼굴이여"에서는 이러한 밑바닥의 물질적인 삶을 관리하고 담당해온 사람들이 다름 아닌 '어머님'으로 표상되는 여성들이었다는 인식을 드러낸다. 이때 성다영은 같은 제목의 시 「밥에 대하여」에서 이성복의 위 시의 기본적인 소재나 구절을 가지고 오되 성별화된 가사 노동의 현실을 뒤집

어놓는다. 이 시에서는 밥을 하는 사람이 어머니가 아니라 남편에 해당하며, "남편이 새벽 다섯 시에도 아침밥 차려줘요 / 결혼 참 잘했다는 생각이 들어요"라는 아내의 목소리가 발화된다. 이 목소리는 "아빠 밥이 제일 맛있는 줄 알고 삼십 년을 살았는데 남편이 해주는 밥이 정말 맛있다"며 "아침에 혼자 식당 가면 남편이랑 싸웠냐고 물어봅니다"와 같이 남성들의 말을 따라하며 되비춘다. 이 목소리는 남성들의 언어가 누린 독점적인 권위를 훼손하고 탈중심화함으로써 독자에게 유쾌한 해방감을 안긴다. 이는 이 시가 이성복의 시를 패러디하고 있다는 바로 그 형식에서 비롯하는 것과 동일한 효과이기도 하다.

이러한 패러디가 남성중심적인 언어를 재전유하는 맥락을 염두에 두면서, 「붊갋능핳 싫」, 「시는읽로으앞서에뒤」와 같은 시에서 이루어진 타이포그래피적 실험에 주목할 필요가 있다. 먼저 의도적으로 맞춤법을 망가뜨려놓은 문장들로 이루어진 「붊갋능핳 싫」의 뜻을 이해하기 위해서는 이 시를 발음하며 읽어보며 표준적인 맞춤법의 형태로 된 문장을 유추해야 한다. 이 시의 앞부분만 표준어의 형태로 써보면 "그것이 없으면 죽을 것 같 그가 말하자 나는 오래전 그것이 없어지면 여자로 살고 싶다는 사람을 본 장면이 떠오르는데 그것을 떼어내도 여자가 될 수 없고 그것을 떼어내지 않아도 여자가 될 수 있는데 된다는 말이 이해가 안가는데 나는 유방을 떼어내고 싶었던 날을 떠올렸지만 (…)" 정도로 옮겨볼 수 있겠다. 그런데 여기서 질문을 던져보도록 하자. 이 시를 읽는다는 것은 무엇을 읽는다는 것일까. 조금 전 나는 이 시의 문장들을 가독성을 갖춘 문장으로 표준화하는 과정을 거쳤다. 이 변환 과정을 거친 후 이 시가 그것(페니스)을 없애고 여자로 살고 싶어 하는 사람과 유방을 떼어내고 싶어 하는 화자의 이야기에 대해 말하고 있다는 것을 알게 된다. 그런데 이 시를 읽는 경험이 이 시가 다루는 내용을 이해하는 것으로 충분히 설명될까. 그렇지는 않은 듯하다. 이 시를 읽는다는 것은 이 이상한 글자들로 이루어진 불투명한 시

가 낯설게 느껴지는 경험, 그럼으로써 다시 한번 읽어보려는 경험, 그렇게 읽을 수 없는 것을 읽게 만드는 경험의 과정을 포함하기 때문이다.

이때 여기서 이 시에서 다뤄진 내용이 이분법적 성별 체제와 불화하는 젠더퀴어들의 목소리라는 점은 주의를 요한다. 이 시의 형식적 실험은 그러한 성별 체제의 원본성을 해체하고 패러디하는 수행적 실천과 결합한다. 따라서 이 시의 불투명성이 퀴어들의 불투명성과 겹칠 때, 이 시의 읽기 과정은 이분법적 성별 체제 안에서는 그 존재가 제대로 번역되지 않는 퀴어들을 마주하는 경험이 된다. 하지만 이 시가 이 불투명성을 투명한 것으로 만드는 일을 목표로 하고 있다고, 읽기의 과정을 통해 바로 그러한 번역에 성공하게 된다고 말할 수 없다. 왜냐하면 이 시의 내용을 이해했다고 생각해도, 그 내용으로 환원되지 않는 형식은 이 시에서 여전히 읽히지 않는 불투명한 것으로 남기 때문이다. 이러한 방식으로 이 시는 서로 다른 몸들 사이에 결코 쉽게 화해될 수 없는 장벽을 환기한다. 그렇다면 이렇게 말해도 좋을 것이다. 이 '읽기'가 요구하는 변화가 있다면, 이는 무엇을 볼 수 있고 볼 수 없는지를 분할하는 체제 자체의 변화이다. 즉 이 읽기는 퀴어들의 존재를 은폐, 삭제, 억압하며 읽히지 않는 것으로 만들어온 체제를 심문하는 과정을 요구한다.

「시는읽로으앞서에뒤」는 어떠한가. 이 시의 제목은 뒤에서부터 읽어야 그 뜻(뒤에서앞으로읽는시)을 알 수 있다. 제목과 마찬가지로 시의 본문도 뒤에서부터 읽을 때 의미가 판독된다(물론 '여름이었다'라는 어구가 중간중간 끼어들어 있어서 뒤에서부터 읽는다는 규칙마저 중단될 때가 있다). 그 내용을 일부만 풀어서 인용하자면 "둘러보세요무한한게시물그중에이시도있다(…)성범죄자를추모하는행렬이이어지고있다마스크를쓰고이여름에새겨진다웃음을멈출수가없다(…)내가여자라니(…)마스크를쓰고사람들이시위한다우리는살아있는사람들(…)"이라 옮길 수 있겠다. '여름이었다'는 어구로 보아 이 시가 가리키는 행

렬은 전 서울시장의 추모행렬일 것이다. 그의 죽음과 관련한 구체적인 정황에 대해서는 이 지면에서 쓸 몫이 아니겠지만, 이 시의 맥락에서 상기해야 하는 것은 그의 범죄가 밝혀지는 과정에서 위력에 의한 성범죄 사건의 피해자의 목소리가 어떻게 왜곡되고 그 진실성을 추궁당했는지에 관한 일련의 정황들이다. 나는 이 일을 여성의 목소리가 한국 사회에서 어떻게 들리지 않는 것으로 치부되는지 잘 보여주었던 일로 기억한다. 이때 위 시는 성범죄자의 추모 행렬을 우스워하는 여성의 목소리를 바로 그러한 들리지 않는 목소리의 자리에 겹쳐 놓는다. 그리고 독자가 앞에서부터 뒤로 읽는 기존의 읽기 규칙을 무력화하고 다른 읽기 방식을 통해서 이 목소리에 접근할 수 있도록 만든다. 즉「붉갉늫핬 싫」에서와 마찬가지로 이 시를 읽는 경험이란 이해 불가능한 형식-목소리를 이해 가능한 것으로 쉽게 환원하지 않으며, 그 불투명한 장벽을 고집스럽게 붙들며 읽을 수 없는 것과 읽을 수 있는 것의 경계를 허물고 새로 짜는 경험이라 말해야 할 것이다.

좋은 시

이제 이 글을 시작하며 던졌던 질문을 다시 던져본다. 우리 앞을 가로막는 '장벽'들은 즐길 수 있는 벽이 될 수 있을까? 장벽을 즐길 수 있는 벽으로 만들자는 말은 단순히 장벽의 존재를 있는 그대로 두고 받아들이자는 말이 아니라, 차라리 서로 다른 몸들의 차이가 '장벽'으로 느껴지지 않도록 많은 것들이 변화해야 한다는 말에 가깝다. 장벽을 모두 허물 수 있다는 생각은 섣부른 환상이겠지만, 아무것도 달라지지 않을 것이라는 생각 또한 오만일 수 있다. 시인은 장벽을 즐길 수 있는 것으로 만드는 어려운 일을 하며, 다음과 같이 말한다.

"'좋은 시'는 우리가 **그**와 **우리**의 과거를 잊지 않았으면 하
는 바람으로 썼습니다. 여기서 **그**는 **성폭력 가해자**를, 그리고
우리는 2016년 문단 내 성폭력 해시태그 운동에 관심을 두고
동의하고 지지하는 **모든 사람**을 의미해요. 혼자가 아니라 우
리라는 것을 잊지 말았으면 해요. 시작은 어려워요. 그렇지만
지속하는 일은 더 어려워요. 힘들게 시작한 일이 잊히지 않기
를 바라는 마음이 큽니다. 아직 시작일 뿐이에요. 가해자들은
이 모든 것이 언젠가 지나가리라고 있는 것 같아요. 그렇지만
이번은 다릅니다. 우리가 다르게 만들 거예요. 왜냐하면 저는
2016년을 기억하고 있거든요. 저는 알아요. 기억하는 사람이
저뿐만이 아니라는 것을요."*

　인용한 대목은 시인이 「좋은 시」라는 시를 공개한 후 이루어
진 인터뷰에서 시작 의도를 밝힌 내용에 해당한다. 시 「좋은
시」의 시작노트에서 시인은 좋은 시에 대해 정의내리기는 어렵
지만 좋은 시가 아닌 시에 관해 생각해보고자 한다고 쓴다. 좋
은 시에 있어서 모든 것이 상대적이라는 생각은 옳지 못한 행동
을 정당화하는 데 일조할 수 있다는 생각에서다. 좋음의 기준은
미적일 뿐만 아니라 윤리적이고 정치적인 성격을 지닌 것이어
서 역사적으로 부단한 갈등, 협상과 갱신의 과정을 거치며 변화
한다. 「좋은 시」는 단지 이것도 시일 수 있다며 시의 성원권을
선언하는 시가 아니라, 무엇이 좋은 시인지 판단하는 결정권을
독점하고 이를 통해 폭력을 정당화해온 권력에 반대하며 '좋음'
의 가치를 분배하는 체계 자체를 재편하는 시이다.

　나아가 시인은 위 인터뷰에서 이 시를 "과거를 잊지 않았으
면 하는 바람"으로 썼다고 밝힌다. 고통을 기억하는 일은 어떻
게 우리를 강하게 만들 수 있을까. 고통에 대한 기억은 때때로

---

* 김보관 기자, 성다영 인터뷰, 뉴스페이퍼, http://www.news-paper.co.kr/
news/articleView.html?idxno=73234, 2020. 02. 03.

우리 스스로를 모멸과 자기혐오에 빠뜨리고 마모시키며 서로를 서로로부터 고립시킨다. 그렇기에 고통에서 벗어나는 것이 시급한 누군가에게 과거를 잊지 말자는 말은 어딘지 순진하거나 고고한 말처럼 들리기도 한다. 그러나 2016년을 기억하자는 시인의 말이 우리가 우리를 소진시키며 끝끝내 고립시키도록 만드는 방식으로 고통에 머물러야 한다는 말은 아닐 것이다. 나는 시인의 말을 이렇게 읽고 싶다. 우리는 고통을 잊는 것이 아니라 고통과 함께 살아가는 법을 배움으로써, 서로 다른 고통들에 응답하고 연결되고 변화되어감으로써, 세상을 다르게 만들 것이라고 말이다. "이-세계의-폭력-속으로-뛰어들-거야"(「사랑의 에피파니」)라고 외치는 이 목소리가 '우리'를 이어주고 '우리'를 바꾸고 있듯. 그렇게 우리는 재차,

여기서 시작한다.

김보경(문학평론가)

지은이 성다영

1989년 구례에서 태어났다. 2019년 《경향신문》 신춘문예를 통해 시를 발표하기 시작했다.

스킨스카이

초판 1쇄 발행   2022년 7월 30일
초판 3쇄 발행   2023년 8월 25일

지은이   성다영

발행인   박지홍
발행처   봄날의책
등록   제311-2012-000076호(2012년 12월 26일)
주소   서울 종로구 창덕궁4길 4-1, 401호
전화   070-4090-2193
전자우편   springdaysbook@gmail.com

기획·편집   박지홍
디자인   전용완
인쇄·제책   한영문화사

ISBN 979-11-86372-96-8 03810

이 책은 서울특별시, 서울문화재단 '2022년 첫 책 발간 지원사업'의
지원을 받아 발간되었습니다.

표지 그림은 이소루 작가의 〈스킨스카이〉(Mixed Media, 205×440mm, 2022)입니다.

KB009092